von Gabi Pearson

Make-up für die Seele. Gedanken und Gedichte
Fühlen ohne zu sterben. Gedanken und Gedichte II

Gabi Pearson

Die
Apotheke der Bücher

und andere

hilfreiche

Geschichten

Herstellung und Verlag:
BoD – Books on Demand, Norderstedt

ISBN 9783756292660

Bibliografische Information der Deutschen
Nationalbibliothek. Die Deutsche Nationalbibliothek verzeichnet diese Publikation in der
Deutschen Nationalbibliografie, detaillierte
bibliographische Daten sind im Internet über
www.dnb.de abrufbar.

Mögen Bücher und Geschichten

jederzeit ihre hilfreiche Wirkung entfalten.

Märchen sind wahr,

nicht weil sie uns erzählen, dass Drachen existieren,

sondern weil sie uns

erzählen, dass man Drachen

besiegen kann.

Neil Gaiman

Wahr in diesem Sinne sind auch folgende Geschichten mit fantastischen, fabel- und märchenhaften Zutaten. Denn sie erzählen vom weiten Land der Seele. Sie berichten symbolhaft von *unseren* Drachen, *unseren* Dämonen und Ungeheuern und möglichen Wegen, auf denen sie sich zähmen lassen.

Inhalt   Seite

Die fantastische Maschine   11

Das allerhässlichste Entlein   25

Helikopter-König   37

Prinzessin Irresulute   53

Der Fürst von Fearless   71

Schatzsuche   93

Die Emotionsesser   115

Der Wunschbrunnen   133

Der einsame Zauberer   151

Die Moorhexe   169

Die Apotheke der Bücher   179

Zu guter Letzt   193

Die fantastische Maschine

In einer längst vergangenen Zeit, in einem längst vergessenen Land, existierte einst eine Maschine, die über alle Grenzen berühmt war. Von nah und fern kamen die Menschen, um sie zu bestaunen und für sich zu nutzen. Sie war die einzige ihrer Art, die jemals existierte. Wann und wie genau sie gebaut wurde und wer sie konstruiert hatte, konnte schon seit vielen Generationen nicht mehr nachvollzogen werden. Die Maschine stand in einer kleinen Stadt am Fuße eines bewaldeten Hügels, über dem sich das prunkvolle Schloss des Königs erhob. Sie stand in der Mitte des kopfsteingepflasterten Marktplatzes, direkt am Brunnen, dem beliebten Treffpunkt der Bewohner des Städtchens, um Neuigkeiten auszutauschen. An Markttagen herrschte dort regelmäßig ein besonders buntes und geschäftiges Treiben. Viele Bauern aus der Umgebung boten an farbenfrohen Gemüseständen und Obstkarren ihre Ernte feil. Mägde mit ihren geflochtenen Körben gingen von Stand zu Stand und feilschten um die Waren, die sie benötigten, Handwerksburschen standen in kleinen Grüppchen zusammen um sich auszutauschen. Kaufleute nutzten an Markttagen gerne die Gelegenheit, um Kontakte zu knüpfen und neue Kunden zu gewinnen sowie heimliche Blicke in Richtung der Maschine zu werfen. Selbst Edeldamen mit ihrem Gefolge sowie hohe Herren hielten sich ungewöhnlich lange auf dem Marktplatz auf, ohne jedoch zu auffällig ihr Interesse an der Maschine zu bekunden. Besonders häufig führte der Weg kleinerer und größerer Schauspieltruppen durch das Städtchen, wo sie mit ihrer Aufführung eine weitere

Abwechslung in den Alltag der Menschen brachten und ebenfalls das Geschehen an der Maschine beobachteten. An solchen Tagen waren der Andrang und die Nachfrage nach dem Einsatz der Maschine besonders hoch und jeder musste sehr lange anstehen, um sie benutzen zu können. Aber eine speziell dafür abgestellte Wache achtete dann streng darauf, dass sich niemand vordrängelte, die Reihenfolge eingehalten wurde und mit entsprechender Geduld jeder Mensch zu seinem Recht kam.

Denn diese Maschine hatte eine ganz besondere Funktion: Sie war in der Lage, jedes - und wirklich jedes - Problem zu lösen, weshalb die Menschen sie als fantastisch bezeichneten. Und das zu Recht! Um die Maschine einzusetzen wurde also irgendein Problem benötigt, aber da es daran eigentlich nie mangelte, konnte dem schnell abgeholfen werden. Doch halt - so einfach wie es schien, war es dann doch nicht. Vorher gab es einiges zu beachten. Die fantastische Maschine war so konstruiert, dass jeder nur sein eigenes Problem hineingeben konnte. Das hieß, dass zunächst von jedem einzelnen ganz genau geklärt werden musste, wer das Problem besaß. Denn nur der eine Mensch, zu dem das Problem auch wirklich gehörte, war überhaupt in der Lage, die Maschine damit zu füttern.

Ein Küchenjunge des Schlosses, der den beleibten Koch ab und zu auf den Markt begleiten durfte, um ihm beim Tragen der vielen Körbe zu helfen, freute sich ebenfalls sehr über jede Gelegenheit, der fantastischen Maschine bei ihrer interessanten

Tätigkeit zuzusehen. Während der Koch ausgiebig über die Preise der verschiedenen Waren feilschte, staunte der Küchenjunge mit großen Augen über das Gedränge vor der Maschine und die Veränderung, die mit den Menschen vorging, sobald sie die nächsten waren, die sie benutzen durften. Ungeduldig warteten die Problembesitzer zunächst, bis sie an die Reihe kamen. Wenn sie dann ihr Problem vorsichtig der Maschine übergeben hatten trat eine gespannte Aufmerksamkeit in ihr Gesicht. Sobald aber die Menschen nach einer Weile die Lösung greifen konnten und in ihren Händen hielten, machte sich eine große Erleichterung breit. Strahlend präsentierten sie den anderen das Ergebnis. Jedes Mal nahm sich der Küchenjunge fest vor, dass er später, sobald er groß wäre, all seine Probleme ebenfalls der Maschine überlassen würde.

Da er das Lesen nie gelernt hatte, konnte der Küchenjunge das Schild mit den großen Buchstaben, das an der Vorderseite der Maschine angebracht war, nicht entziffern. Eines Tages verriet ihm der Koch auf seine drängende Nachfrage, dass dort geschrieben stand: Beachte die Folgen! Und erklärte dem Küchenjungen, dass der Besitzer eines Problems bereit sein musste, sich von diesem vollständig zu trennen, sobald er es der Maschine überantwortete. Ihm musste *vor* der Benutzung der Maschine bewusst sein, dass das Problem in dieser Form anschließend nicht mehr vorhanden war und eventuell eine Lücke entstand, die sich nicht so einfach wieder schließen ließ.

Vor der Benutzung der fantastischen Maschine bestand für die Menschen eine weitere Herausforderung darin, das passende Programm auszuwählen. Deshalb war es unerlässlich, zunächst das eigene Problem sehr genau zu benennen und zu beschreiben, denn natürlich war nicht jedes Programm für jedes Problem geeignet. Danach konnten die Menschen es einzeln und langsam in einen großen, runden Trichter oben auf der Maschine einfüllen. Bei Androhung einer schweren Strafe aber war es verboten, alle möglich Probleme auf einmal hinein zu kippen. Dies konnte zur Überlastung und dadurch zu einer Funktionsunfähigkeit führen. Und das wollte nun wirklich niemand.

An einer der Außenseiten der Maschine waren verschiedenartige Knöpfe, Schalter und Rohre aus poliertem Messing angebracht, die der Küchenjunge in der hellen Sonne blinken sehen konnte. Er sah lange und kurze, dicke und dünne Hebel, die wiederum an ineinandergreifenden Zahnrädern befestigt waren die ins Innere hinein reichten und dort jeweils unterschiedliche Teile der Maschine in Bewegung brachten. Die Problembesitzer mussten jetzt nur noch entsprechend des speziellen Programmes die Schalter umlegen, die passenden Knöpfe drehen sowie alle notwendigen Hebel in Bewegung setzten, damit die Zahnräder langsam begannen ihre Kreise zu ziehen. Von leisen Verdauungsgeräuschen untermalt begann die Maschine sogleich mit ihrer Arbeit, ebenfalls begleitet von einem leisen metallischen Quietschen und einem kaum merklichen Tuckern. Dabei stieg ihre

Temperatur langsam an. Es wurde warm, es wurde wärmer, bis sich auf ihrer Oberfläche kleine, glitzernde Schweißperlen bildeten, die gelassen ihren Weg nach unten fanden. Was sich aber nun genau im Inneren abspielte, war von außen nicht erkennbar. In unregelmäßigen Abständen konnten alle nur beobachten, wie an einer anderen Seite aus einem Ventil leichte weiße Schleier feinsten Dampfes nach oben stiegen.

Danach war das ursprüngliche Problem in seine Bestandteile zerlegt worden, die nun als unregelmäßig große, aber handhabbare Einzelteile nacheinander in eine glänzende Auffangschale, ebenfalls aus Messing, purzelten. Anschließend sortierte die Maschine selbständig alles, um zu erkennen, was als erstes der Weiterbearbeitung bedurfte und in welcher Folge anschließend die anderen Teile an die Reihe kamen. Zu diesem Zeitpunkt wurde einigen in der Schlange vor der Maschine die Wartezeit lang und sie begannen, ungeduldig zu werden. Dann aber setzte die fantastische Maschine ihre Aktivität fort. Und wenn man sich sehr ruhig verhielt, ließen sich wiederum leise schmatzende Geräusche vernehmen. Mitunter konnte es dabei geschehen, dass ein kleines Teil eines Problems vergessen wurde und, wenn es längere Zeit keinerlei Beachtung erhielt, still und heimlich anfing zu schrumpfen, bis es nicht mehr zu erkennen war. Ganz selten nur geschah es, dass ausgewählte Teile den höchsten Status erhielten, indem sie von der Maschine als Herausforderung deklariert und als solche ihren Besitzern zurückgegeben wurden. Für die Menschen im Königreich war es eine schöne und entspannte Zeit, denn es wurde selbstverständlich, dass sie all ihre Probleme von der fantastischen Maschine lösen ließen.

Der Ruhm der Maschine verbreitete sich im ganzen Land und weit über dessen Grenzen hinaus. Und so geschah es, dass sich eines Nachts eine Bande finsterer Gestalten heimlich in das Städtchen schlich und unbemerkt die fantastische Maschine als Beute verschleppte. Der Schreck der Menschen, als sie am nächsten Morgen das Fehlen der Maschine bemerkten, war riesengroß. Wie sollten sie nun mit ihren Problemen fertig werden? Sie hatten ja vollkommen verlernt sie selbst zu lösen, denn seit langer Zeit waren sie es gewohnt, alles der Maschine zu übergeben. Sofort veranlasste der König, dass ein Suchtrupp zusammengestellt wurde, der die Räuber verfolgen sollte. Doch trotz großer Mühe gelang es nicht, die Diebe zu fassen und die Maschine zurück zu bringen. Mit dieser Stunde brach für alle Menschen im Königreich eine harte Zeit an, denn sie alle hatten auf eine sorgenfreie Zukunft gehofft, wie auch der Küchenjunge. Der König versank daraufhin in Schwermut, die gesamten ungelösten Probleme legten sich als dunkler Schleier drückend über die Menschen oder stiegen als graue Wolken auf, bis sie den Himmel bedeckten und es für die Sonne immer schwieriger wurde, ihre wärmenden Strahlen zur Erde zu senden. Irgendwann verloren die Menschen sogar den Glauben daran, dass die fantastische Maschine wirklich existiert hatte. Er gab nur noch Erinnerungen, die als Geschichten weitergegeben wurden.

Der junge Prinz sah seine zukünftigen Untertanen gebeugt von der Last ihrer schweren Sorgen und Nöte und wie die Menschen ihre langen Tage unter Mühen verbrachten. Auch ihm waren diese Geschichten einer fantastischen Maschine seit seiner Kindheit bekannt und er fragte sich, ob dieser Verlust vielleicht einmal zu seinem Problem werden könnte und es deshalb seine Aufgabe war, dem Volk die Maschine zurück zu bringen. Dennoch schaute er ausgiebig nach links und rechts, ob ihm jemand seine Aufgabe streitig machen würde. Aber weit und breit konnte der Prinz zunächst niemanden entdecken. Fast hätte er dabei den ehemaligen Küchenjungen des Schlosses übersehen, der ebenfalls immer mal wieder suchend über den Marktplatz schaute, als ob die fantastische Maschine urplötzlich dort wieder auftauchen könnte. Wie alle anderen auch sah sich der ehemalige Küchenjunge nach wie vor jeder Hoffnung beraubt, seine Probleme jemals von ihr lösen zu lassen. Er seufzte tief und wollte sich wieder an seine Arbeit begeben.

Inzwischen war der ehemalige Küchenjunge zu einem großen und kräftigen jungen Mann gereift, so dass der Prinz sich gut vorstellen konnte, in ihm auf seiner gefahrvollen Suche einen treuen Gefährten zu haben. Also trat der Prinz auf ihn zu, berichtete von seinem Vorhaben, die fantastische Maschine aufzuspüren und sie an ihren ursprünglichen Standort zurück zu bringen. Und als der Prinz fragte, ob der ehemalige Küchenjunge ihn dabei begleiten wolle, willigte dieser gerne ein und sie beschlossen das Wagnis gemeinsam einzugehen. So sattelten sie am nächsten Tage die Pferde, versorgten sich ausreichend mit Proviant und verabschiedeten sich von ihren Familien. Dann zogen sie mutig hinaus in die Welt.

Da sie nicht wussten, wo sie ihre Suche beginnen sollten, war jede Richtung gleich gut. Viele Monate führte sie ihr weiter Weg durch fremde Städte und Länder, von denen sie noch nie gehört hatten. Unterwegs trafen sie auf unterschiedlichste Schwierigkeiten, gefährliche Situationen und auf Menschen, die ihnen Hindernisse in den Weg legten, aber ebenso auf Hilfsbereitschaft, Freundschaft und Unterstützung. Immer wieder schafften sie es, einen Weg zu finden, um ihre eigentliche Aufgabe nicht aus den Augen zu verlieren und ihre Suche fortzusetzen, was nicht immer einfach war. Aber sie waren in der Lage sich gegenseitig zu motivieren nicht aufzugeben und mit jedem bestandenen Abenteuer auf der Suche nach der fantastischen Maschine vertiefte sich die anfängliche Zweckgemeinschaft und entwickelte sich zu einer Freundschaft zwischen den beiden so unterschiedlichen jungen Männern. Dennoch aber konnte die Frage des Prinzen nach der Maschine, die er in jedem noch so kleinen Dorf stellte, von niemandem beantwortet werden. Die Situation war rätselhaft, die Maschine blieb verschwunden. Es war, als ob der Erdboden sie verschluckt hatte.

Mittlerweile waren der Prinz und sein Freund der Verzweiflung nahe. Kein Mensch konnte ihnen Auskunft über den Verbleib der fantastischen Maschine geben. Keiner hatte sie jemals gesehen oder etwas von ihr gehört. Aber die Menschen, die sie nach der Maschine fragten, berichteten ihnen stattdessen, wie sie mit ihren ganz unterschiedlichen Problemen fertig wurden. Und so begann der Prinz allmählich, diese neuen Erfahrungen zu sammeln, schrieb sie mit Feder und Tinte auf eine große Rolle Pergament und steckte diese in seine Satteltasche.

Unverrichteter Dinge gelangten sie nach Jahren der Suche wieder zurück in ihr Städtchen. Nun mussten sie sich eingestehen, dass ihre weite Reise keinen Erfolg gehabt hatte. Die Menschen, die sich erwartungsvoll auf dem Marktplatz versammelt hatten und auf den positiven Ausgang des Abenteuers mit der Rückkehr der fantastischen Maschine gehofft hatten, schlichen mit hängenden Köpfen zurück in ihre Häuser. Als der Prinz und sein Freund später jedoch auf ihre gemeinsame Reise zurückblickten erkannten sie mit großem Erstaunen, dass die Abenteuer, denen sie unterwegs begegnet waren, darin bestanden hatten, für die unterschiedlichsten Probleme eine Lösung zu suchen und umzusetzen. Sie hatten ebenfalls verschiedene Erfahrungen anderer Menschen im Umgang mit ihren Problemen kennengelernt. Nicht nur der ehemalige Küchenjunge hatte Erkenntnisse gesammelt, durch die er Vertrauen in die eigene Fähigkeit bekam, seine eigenen Probleme ohne die Maschine gut zu lösen oder andere um

Unterstützung dabei zu bitten. Der Prinz hatte auf der Reise die Verantwortung übernommen, die seine Position mit sich brachte und gezeigt, dass er diese ausfüllen konnte. Gemeinsam überlegten die beiden jetzt, wie sie das neue Problem, den endgültigen Verlust der fantastischen Maschine, bewältigen konnten. Der Prinz machte den Vorschlag, die Pergamentrolle mit ihren gesammelten Erfahrungen seinen Untertanen im Reich als Beispiele zur Verfügung zu stellen und sie durch ihre Reiseerfahrungen zu ergänzen. Zurück im Schloss ließ er dazu einen eigenen Raum neben der großen Bibliothek für diesen Fundus an erstaunlichen Ideen herrichten und machte sie dem gesamten Volk zum Geschenk. Seit dieser Zeit konnten alle Menschen ins Schloss kommen, um sich aus diesem reichen Angebot Ideen für ihr eigenes Leben zu holen.

Die Menschen im Königreich waren erleichtert, konnten wieder aufrechter gehen und die wärmenden Sonnenstrahlen spüren. Mit der Zeit wurde dieser Fundus mit den Lösungsideen immer häufiger aufgesucht und die Lösungen angewandt. Diese Vorgehensweise wurde immer selbstverständlicher und zur Gewohnheit, so dass selbst die Pergamentrolle mit der Zeit nicht mehr so oft hervorgeholt werden musste. Die Menschen lernten wieder die Verantwortung für ihr Handeln selbst zu übernehmen und mit den Konsequenzen zu leben. Der Prinz und sein Freund hatten den Menschen zwar nicht die fantastische Maschine zurückgebracht, aber neue Wege für die Menschen gefunden, diese Maschine überflüssig zu machen.

Und weil die Probleme für das Volk von nun an niemals zu groß wurden oder überhandnahmen, lebten die Menschen wieder glücklich und zufrieden – vielleicht sogar bis heute. Einen Trost fanden sie alle ebenfalls in dem Gedanken, dass andere Menschen die fantastische Maschine nunmehr vielleicht dringender brauchten, als sie selbst.

Das allerhässlichste Entlein

(in Anlehnung an das Märchen von Hans Christian Andersen)

An einem der ersten Frühlingstage des Jahres fanden einige Sonnenstrahlen ihren Weg zur Erde und brachten das Wasser eines Teiches zum Glitzern. Der Teich lag eingebettet in das Grün von Wiesen und Wäldern, fernab von jeder Siedlung. Das schilfbewachsene Ufer war flach und so bot der Teich vielen verschiedenen Tieren ein Zuhause. Das Leben am Teich verlief ruhig und friedlich, alles war wie immer. Die einzige Abwechslung im Jahresverlauf brachten Zugvögel, die hier mitunter gerne ihren Flug unterbrachen, um sich auszuruhen und Neuigkeiten mitbrachten.

Gut geschützt unter einem Strauch in Ufernähe saß eine Ente auf ihrem Nest und brütete. Vor einiger Zeit hatte sie den Platz dafür zunächst sorgfältig ausgesucht, dann alles, was sie an Zweigen und anderem Nistmaterial in der Umgebung finden konnte, zusammengetragen und daraus ihr Nest gebaut. Zum Schluss hatte sie es liebevoll und mit großer Sorgfalt mit Daunen ausgepolstert, denn ihre Brut sollte es weich und warm haben. Dann legte sie ihre Eier hinein, kuschelte sie in ihre Federn und ließ sich vorsichtig darauf nieder. Und brütete. Viel Arbeit hatte die Ente mit dem Brüten nicht. Ab und zu bewegte sie die Eier vorsichtig, damit sich ihre Körperwärme gleichmäßig verteilte. Nur für kurze Zeit verließ sie das Gelege, um Nahrung für sich zu sammeln. Dabei achtete sie jedoch stets darauf, dass sie sich nie zu weit von ihrem Nest entfernte. Dennoch war es ihr nicht aufgefallen, dass auf unerklärliche Weise vor einigen Tagen noch ein weiteres, kleines Ei ins Nest gelangt war. An diesem besonderen Tag schien die Sonne warm von Himmel, weiße Wolken zogen langsam vorüber und spiegelten sich im Teich Ein leichter Wind strich über das Schilf am Ufer und kräuselte die Wasseroberfläche nur ein ganz klein wenig und niemand störte die Ente in ihren Gedankengängen. Sie freute sich bereits auf die muntere Kinderschaar, die sie bald um sich haben würde, denn die Zeit, die sie zum Brüten benötigte, näherte sich dem Ende.

Und heute plötzlich war es so weit: innerhalb weniger Stunden bekamen die ersten Eier Risse, dann ein kleines Loch, das von innen vergrößert wurde, bis die Küken, mit dem Schnabel voran, sich langsam von der Schale befreiten und aus dem Ei schlüpften. Eins nach dem anderen schob die leeren Schalenhälften über den Rand des Nestes und ließ sich von den warmen Sonnenstrahlen trocknen. Am Ende waren es sieben flauschig weiche, sonnengelbe Küken, die sich im Nest aneinander kuschelten, neben dem letzten kleinen Ei. Doch auch hier ließen sich bereits die ersten Risse in der Schale erkennen und ein Schnabel schob sich vorsichtig ins Freie. Erwartungsfroh beobachteten alle, wie der Schnabel sich weiter und weiter schob, gefolgt von einem kleinen Kopf, einem länglichen Körper, bedeckt mit dichtem, braunem Fell, vier Füßen an kurzen Beinen und einem langen, abgeflachten Schwanz.

Fell? Vier Füße? Ein Schwanz wie beim Biber, der das Flüsschen, welches den Teich speiste, mit seinem selbstgebauten Damm aus Ästen aufstaute? Die Ente war erstaunt. Nichts an diesem Entlein schien wirklich zusammenzupassen. Dass jedes Küken etwas anders ist, wusste die Ente sehr wohl. Aber doch nicht *so* sehr? Nach kurzer Überlegung kam die Ente allerdings zu dem Schluss, dass sich wohl irgendwie die Gene einer sehr, sehr weit entfernten Verwandtschaft durchgesetzt haben müssten. Bestimmt die einer entfernten Seitenlinie ihres Mannes. Sei´s drum. Denn der Ente war es vollkommen gleichgültig, worin sich ihre Kinder unterschieden. Größe und Farbe der Küken waren ihr ebenso egal wie die Tatsache, ob Fell oder Flaum ihren Körper bedeckte. Ihre Liebe galt allen gleichermaßen. Auch die Entenküken schauten zunächst erstaunt auf das seltsam aussehende Wesen, das sich genau wie sie aus dem Ei geschält hatte und sich nun zusammen mit ihnen im Nest befand. Obwohl seine Geschwister zu gemeinsamen Spielen einluden, blieb das andere Entlein häufig abseits, allein, denn es fühlte sich irgendwie an, als ob es nicht richtig dazu gehörte.

Die Tiere die ebenfalls am Teich lebten kamen, um die Ente zu ihrer Kinderschaar zu beglückwünschen. Auch sie schauten mit großen Augen, was die Ente ausgebrütet hatte. Sie sahen Entlein, so wie sie sie bislang kannten und ein ganz anderes Entlein. So ein anders aussehendes Tier hatten sie alle hier am Teich noch nie gesehen. Wie nur sollte daraus jemals eine stattliche Ente oder vielleicht gar ein stolzer Schwan werden? Sie konnten es sich einfach nicht vorstellen. Die Tiere wunderten sich, steckten ihre Köpfe zusammen und sprachen leise miteinander. Aber es war wiederum nicht so leise, dass das andere Entlein sie nicht hören konnte. Es vernahm noch das Wort *anders*. Dass es anders war als seine Geschwister, ja sogar als alle anderen, die es kannte, bemerkte es ja selbst. Unsicher zog es sich zurück. War es überhaupt ein richtiges Entlein? Zu allem Überfluss öffnete in diesem Moment der Himmel alle Schleusen, schwere Tropfen fielen auf die Erde. In einer flachen Pfütze, die sich gebildet hatte, konnte sich das andere Entlein zum ersten Mal selbst sehen. Und erschrak. Es hatte keinen elegant geschwungenen Kopf, keine flauschigen gelben Federn und keine zwei Füße, auf denen es aufrecht stehen und die Welt erkunden konnte. Es war anders! War es etwa hässlich? Es empfand sich als das allerhässlichste Entlein auf der ganzen Welt! Sein Blick senkte sich, es versuchte, so gut es ging sein Gesicht zu verstecken. Es schämte sich wegen seines Aussehens, fühlte sich minderwertig und zog sich noch weiter zurück. Sein Herz wurde schwer und es wünschte sich nichts sehnlicher als genauso zu sein wie alle Entlein. Es wollte doch auch dazugehören. Still versuchte es sich im Hintergrund zu halten und möglichst unsichtbar zu machen. Am liebsten aber würde es ganz im Erdboden versinken.

Zu den Tieren die am Teich lebten gehörte auch eine Kröte die von der braunen Erde auf der sie häufig saß kaum zu unterscheiden war. Von ihr erzählten sich die Tiere, dass sie für mancherlei Probleme eine Lösung kannte. Da es keinen anderen Ausweg wusste schlich das andere Entlein im frühen Morgengrauen, bevor alle anderen erwachten, zu ihr und berichtete von seinem sehnlichsten Wunsch: so auszusehen, wie alle anderen. Die Kröte hörte sich die Geschichte des anderen Entleins an, beruhigte es und versicherte, dass es einen Ausweg gäbe. Dazu sollte es, wenn die Nacht am Dunkelsten war, zu ihr zurückkehren. Dann würde sich für das andere Entlein alles ändern. Da aber bekanntermaßen nichts im Leben umsonst zu haben war forderte die Kröte als Gegenleistung das Augenlicht des anderen Entleins. Das hätte in diesem Moment alles versprochen damit sein sehnlichster Wunsch in Erfüllung ging, und sagte zu um Mitternacht zurück zu kommen. Die listige Kröte aber dachte bei sich, wenn das andere Entlein sein Augenlicht verlor, es den Unterschied zu seinen Geschwistern überhaupt nicht mehr sehen konnte. Dann würde es sich nicht mehr ständig mit seinen Geschwistern vergleichen können und sein Problem wäre gelöst.

Nun aber war es an der Zeit, dass an diesem Tag alle Entenkinder schwimmen lernen sollten. Das Wetter war wie gemacht zum Plantschen, das Wasser hatte eine angenehme Temperatur. Geführt von der Entenmutter watschelten alle gemeinsam zu einer seichten Bucht am Teichufer die nicht von Schilf bewachsen war. Das andere Entlein bildete - wie üblich - den Schluss der Reihe. Das Wasser lag still wie ein Spiegel.

Laut schnatternd erklärte die Ente dann alles Wesentliche und ging voran um ihren Kindern zu zeigen, wie sie es anstellen sollten. Dabei zog sie eine Spur von leichten Wellen im Teich nach sich. Mit aufmunterndem Geschnatter ermutigte sie ihre Kinder es ihr gleich zu tun. Zögernd schauten die Entlein eine Weile interessiert zu, bevor sie eins nach dem anderen hinterher rutschten, einige langsam und vorsichtig, wenige aber auch mutig und ungestüm, ganz nach ihrem jeweiligen Naturell. Nach einer kurzen Weile tummelten sich die Entlein fröhlich im Wasser, paddelten zu ihrer Mutter und schwammen munter schnatternd um sie herum. Es war, als hätten sie nie etwas anderes gemacht.

Nur das andere Entlein schaute zunächst etwas unentschlossen, bevor es sich zögernd ins Wasser wagte. Aber dann rutschte es ebenfalls, mit dem Kopf voran, hinein und etwas Unerwartetes geschah. Sofort fühlte es sich dort wie in seinem Element. Stromlinienförmig glitt es durch das Nass, denn mit dem langen, flachen Schwanz gelang es ihm, sich elegant im Wasser fortzubewegen. Das andere Entlein schwamm und tauchte wieder und wieder um die anderen herum und unter den anderen hindurch. Zum ersten Mal in seinem Leben fühlte es sich rundum glücklich. Während die anderen quicklebendig umher schwammen jagte es munter Würmer und Insektenlarven, die es unter der Wasseroberfläche finden konnte. Mit großem Erstaunen betrachteten die Ente und ihre Küken die

Veränderung, die mit dem anderen Entlein geschehen war und freute sich darüber, dass es sich so wohl fühlte.

Plötzlich bemerkten die Küken einen dunklen Schatten, der sich unter ihnen bewegte. Etwas Großes schwamm im Teich, etwas, dass ihnen instinktiv Angst einjagte. Der alte Hecht, der den Teich bereits seit Ewigkeiten bewohnte, hatte sich diesen Tag ausgesucht, um sich auf einen Beutezug zu begeben und spürte das Paddeln der vielen kleinen Entenfüße. Schon lange hatte er auf diesen Moment gewartet, nun hoffte er auf eine leichte Beute. Ihm knurrte bereits der Magen. In immer kleiner werdenden Bahnen umkreiste der alte Hecht die Küken, die jetzt ängstlich umeinander schwammen. Die Entenmutter spürte die hektische Aufregung ihrer Kinder denn sie hatte ebenfalls den Schatten gesehen, der sich unter ihnen bewegte. Sie hatte große Angst, denn sie wusste, dass dies nichts Gutes bedeutete und versuchte, die Entlein so schnell wie möglich wieder ans rettende Ufer zu scheuchen. Das war jedoch leichter gedacht als getan. In ihrer hellen Aufregung schwammen die Küken so wild durcheinander, dass sie nicht von der Stelle kamen.

Bedrohlich kam der alte Hecht immer näher. Und gerade, als er sich eines der Entenküken schnappen wollte, war das andere Entlein zufällig zur Stelle und wehrte den Hecht instinktiv ohne zu überlegen mit seinem Hinterbein ab. Plötzlich verspürte der alte Hecht einen schmerzhaften Stich an seinem empfindlichen Maul und machte sich eiligst davon in den hintersten Winkel des

Teiches, denn mit Widerstand hatte er nun wirklich nicht gerechnet. Mit einer riesigen Erleichterung erreichte die Entenmutter ihre Brut. Sie war überglücklich, dass nichts geschehen war, bedankte sich zutiefst beim anderen Entlein und lobte es ausdrücklich für seinen Mut und die selbstlose Hilfe. Auch die Küken bedankten sich bei dem anderen Entlein, dass durch seinen spontanen Einsatz ihr Leben gerettet hatte.

Einfach unglaublich. Die Ente zerbrach sich den Kopf denn sie wusste nicht, wie das andere Entlein den Hecht in die Flucht getrieben hatte. Sie konnte es sich nicht erklären. Aber allen wurde bewusst, dass nur das andere Entlein sie in diesem Moment hatte retten können. Durch Zufall war es zur rechten Zeit an der rechten Stelle gewesen. Nur die Besonderheit des anderen Entleins hatte dafür gesorgt, dass es an diesem Tage nichts zu betrauern gab. Auch das andere Entlein freute sich sehr, spürte eine große Erleichterung, dass nichts passiert war. Und es spürte noch etwas anderes, unbekanntes, langsam wachsen. War es ein wenig Stolz auf sich selbst? Es schien innerlich größer zu werden. Denn das andere Entlein hatte durch diese Situation seinen besonderen, eigenen Wert erkannt und gelernt: Es war wichtig, dass es ihn gab, genauso, wie es war. Es sah nur anders aus, war aber nicht weniger akzeptiert, nicht weniger wichtig oder gar weniger geliebt!

Auch alle anderen Tiere der Umgebung kamen herbei, um das andere Entlein zu beglückwünschen und freuten sich über den guten Ausgang. Sie alle standen am Ufer umeinander und beredeten aufgeregt das Geschehene und das außerordentliche Glück, denn noch niemals war einem Entlein so etwas gelungen. Währenddessen ließen sich zwei Rauchschwalben auf einem am Ufer stehenden Busch nieder, die nach Jahren mal wieder an diesem Teich vorbeischauten. In ihrem Leben waren die Schwalben bereits tausende von Meilen geflogen und hatten bereits die ganze Welt gesehen. Sie hörten sich die Geschichte der wunderbaren Rettung an und sahen das andere Entlein, umringt von allen. Mit großem Interesse schauten die Rauchschwalben auf das andere Entlein und verzogen ihren Schnabel zu einem leichten Schmunzeln. Sie erzählten, dass sie in einem Land, sehr weit weg von hier, Tiere gesehen hätten, die dort lebten und genauso aussahen, wie das andere Entlein und dass sie dort als Schnabeltiere bekannt waren. Und so erkannten alle, dass das besondere Entlein gar kein Entlein war, es war anders und - wie irgendwie jedes andere auch - einzigartig. Aber nicht das Einzige seiner Art. Obwohl nun offensichtlich war, dass aus dem anderen Entlein nie eine Ente werden würde war allen klar, es gehörte - wie immer, für immer - zur Familie.

Durch dieses Ereignis aber hatten auch alle Tiere am Teich gelernt, Unterschiede als wertvoll für jede Gruppe anzusehen und sie waren aus ganzen Herzen froh darüber. Und die Kröte wartet noch immer.

Helikopter-König

Es war einmal ein König, der eine mächtige Burg sein Eigen nannte. Sie war aus schweren Steinquadern erbaut und thronte auf einem steilen, unzugänglichen Felsen. Dieser schroffe Felsen ragte einsam aus einem undurchdringlichen Wald heraus, durch den sich nur ein einziger Weg in Richtung Burg schlängelte. Vom hohen Bergfried aus hatte man eine weite Sicht, so dass genügend Zeit blieb, jeden Feind frühzeitig zu erkennen und entsprechende Verteidigungsmaßnahmen zu treffen. Die Burganlage glich einer uneinnehmbaren Festung. Sie war umgeben von einer mit hohen Zinnen bewehrten massiven Ringmauer mit einem breiten umlaufenden Wehrgang, von dem aus man auf die vier Ecktürme gelangen konnte, von denen die Ritter des Königs die Burg und ihre Bewohner erfolgreich verteidigen konnten. Diese starke Mauer wurde von einem tiefen unüberwindbaren Wassergraben umgeben, der sich aus einem Wasserfall speiste. Zusätzlich waren, wo immer es möglich war, spitze Palisaden in den Boden gerammt. Der direkte Zugang zur Burg bestand in einem zweiflügligen Tor aus starken, eisenbeschlagenen Eichenbohlen mit wuchtigen Beschlägen, einem schweren, schmiedeeisernen Fallgitter davor sowie einer Zugbrücke über den Burggraben, die bei drohender Gefahr hochgezogen wurde.

Der König ließ die Wehranlangen regelmäßig instand setzen so dass sie jedem den Eindruck vermittelten, für ewige Zeiten allen Anstürmen von außen standzuhalten und den Bewohnern einen allumfassenden Schutz boten. Innerhalb der Burgmauern befanden sich verschiedene Vorrats- und Wirtschaftsgebäude, Gesindehütten, Stallungen für die Tiere sowie eine kleine Kapelle. In der Mitte der Anlage ragte der mächtige Bergfried empor, der dickste, stärkste und höchste Turm, der dem König und seinem Gefolge als Wohnraum diente sowie als Rückzugsmöglichkeit bei Gefahr. Hinter diesen Festungsmauern konnte sich der König mit seiner Familie verschanzen und fühlte sich absolut sicher.

Er bevorzugte dieses spartanisch eingerichtete zugige Gemäuer und nahm lieber wenig Komfort in Kauf statt sich in seinem prachtvollen Schloss aufzuhalten, welches ihm in seiner weitläufigen Parklandschaft viel zu unübersichtlich und gefahrenanfällig schien. Denn der König und seine Königin lebten in der permanenten Angst, dass ihrem einzigen Kind, ihrem Sohn und Thronerben, irgendetwas passieren könne. Sobald der kleine Prinz laufen konnte erhielt er deshalb eine eigens für ihn angefertigte Rüstung aus starkem Eisen, die er von nun an ständig tragen sollte. Und jedes Jahr an seinem Geburtstag erhielt er eine neue, da er aus der alten herausgewachsen war. Zum großen Leidwesen des Prinzen verhinderte die Rüstung das schnelle Umherrennen und Herumtollen, das auf-die-Bäume-Klettern bei den ohnehin sehr seltenen Ausflügen in den Wald und sie quietschte ebenfalls vernehmlich bei jeder Rutschpartie. Der kleine Prinz schaffte es deshalb auch kaum, sich lautlos zu verstecken. Jeder konnte ihn hören, wo immer er sich aufhielt. Auch störte der Sand, der sich regelmäßig in die Zwischenräume der Rüstung setzte, wenn der Prinz aus Versehen mit den Knien oder seiner Rückseite auf dem Burghof landete. Die Rüstung aber hatte den entscheidenden Vorteil, dass die Verletzungsgefahr für den Prinzen praktisch gleich Null war und als kleinen Nebeneffekt, dass seine andere Kleidung nur sehr selten gesäubert oder ausgebessert werden musste.

Um wirklich jegliches Risiko vollständig auszuschließen, ließ das Königspaar den Prinzen zusätzlich rund um die Uhr von den treuesten und mutigsten Männern des Reiches beschützen. Tagsüber, innerhalb der Burg, wurde der Prinz von jeweils vier hünenhaften Dienern begleitet. Sobald er sich von einem Raum in einen anderen bewegte, erschien ein Diener vor ihm, einer hinter ihm und an jeder Seite ein weiterer. Bei den seltenen Ausflügen außerhalb der Burgmauern übernahmen diese Aufgabe vier schwer bewaffnete Ritter in funkelnden Rüstungen, die dann dem König jede Stunde Meldung machen mussten, wo sich sein Sohn befand und womit er sich gerade beschäftigte. So verliefen die Tage in einem mittlerweile für alle gewohnten Rhythmus. Ähnliches galt für die Nächte. Das Königspaar hätte ihren Sohn am liebsten ständig in eine Rüstung gesteckt, was aber bei Nacht mit hochgezogener Zugbrücke und verschlossenem Tor selbst ihnen ein wenig übertrieben schien. Aber wirklich nur ein wenig! Stattdessen wurde der Prinz in seiner Kammer in eine dicke Daunendecke gehüllt damit er sich niemals verkühlte und krank wurde, wobei sich zu seinem Schutz zusätzlich eine streng bewaffnete Nachtwache stetig vor und eine in dem Zimmer des Prinzen aufzuhalten hatte. Seine Eltern meinten es sehr gut mit ihm.

Die Jahre gingen ins Land und der Prinz wuchs heran. Und als er alt genug war erhielt er die allerbeste Ausbildung, denn für den Prinzen war das Allerbeste immer gerade gut genug. Das Königspaar wollte alles ihnen Mögliche tun, um ihren Sohn auf das Leben als zukünftigen König perfekt vorzubereiten. Berühmte Gelehrte des Reiches unterrichteten den Prinzen in allen erdenklichen Fächern, ergänzt durch musische und künstlerische Stunden. Trotz allergrößter Bedenken der königlichen Eltern mussten natürlich trotzdem ebenfalls die ritterlichen Fertigkeiten unterrichtet werden. Um jedoch die Verletzungsgefahr beim Reit- und Kampfunterricht weitgehend zu minimieren hatte der König verfügt, dass dabei ausschließlich stumpfe Holzschwerter und Holzpferde auf Rollen zum Einsatz kommen durften und stets dicke Strohbündel um die Mitte des Prinzen gebunden werden mussten um einen möglichen Sturz abzufedern. In manchen Momenten sann der Prinz kurz darüber nach wie es wohl wäre auf eigene Faust umherzustreifen, Abenteuer zu erleben und selbst entscheiden zu können, was er tun wollte. Aber vielleicht gehörte das gar nicht zur Ausbildung eines Prinzen? Interessant wäre es jedoch schon, dachte er bei sich.

Der Prinz wurde älter, seine Leibgarde auch. Und so gelang es ihm manchmal für kurze Zeit zu entkommen, was alle aus Angst vor einer strengen Strafe dem König verheimlichten. Mit der Zeit hatte der Prinz gelernt sich in seiner Rüstung geräuschfreier zu bewegen und vergas auch nie die entscheidenden Stellen zu ölen. Eines Tages gelang es ihm sogar, den großen Bergfried weit vor seinen Beschützern bis ganz nach oben zu erklimmen. Endlich einmal stand er alleine auf dem höchsten Punkt der Burg und schaute ins weite Tal. Der erste Hauch von Frühling hatte bereits zartgrüne Blätter hervorgebracht. Als er um sich blickte sah der Prinz aber mit großem Erstaunen, dass sich durch den riesigen Wald eine breite Schneise der Verwüstung zog. Umgeknickte und zum Teil ausgerissene Bäume, verkohlte Baumstümpfe sowie tellergroße Spuren wie von einem Ungeheuer waren im Erdreich deutlich zu erkennen. Davon hatte der Prinz noch nie gehört, denn auf Anordnung des Königs durfte in seiner Gegenwart niemals darüber gesprochen werden, dass es außerhalb der Burg ein großes Problem gab. Als nach langen Minuten seine Leibgarde völlig außer Atem endlich die Turmspitze erreichte, fragte der Prinz sie neugierig nach der Ursache dieser großen Zerstörung. Die Ritter schauten verlegen zu Boden, wanden sich und versuchten eine Ausrede zu erfinden, die glaubhaft klang. Denn der König hatte bei Androhung der schwersten Strafe verboten, dem Prinzen etwas von dem gefährlichen Drachen zu berichten, der seit einiger Zeit sein Unwesen im Lande trieb. Der König wünschte, dass der Prinz in dem Glauben aufwachsen solle, seine Welt sei heil und nicht bedroht.

Nun aber ließen sich der gefährliche Drachen und seine deutlich sichtbaren Spuren nicht mehr verheimlichen und die Ritter berichteten dem Prinzen stockend von den bisher vergeblichen Versuchen, ihn zu besiegen. Mehrfach war der König mit seinen besten Männern gegen den Drachen gezogen aber sie kamen immer wieder unverrichteter Dinge zurück, zum Teil mit angesengten Haaren, zerbrochenen Lanzen und zerbeulten Schilden. Bei dieser Rede wurden die Beine des Prinzen weich und instinktiv duckte er sich hinter eine Zinne, als ob ihn der Drache gerade auf dem Turm beobachten könne. Sobald ihn seine Beine wieder trugen, schlich er langsam die mit Fackeln beleuchtete Wendeltreppe hinab, gab vor, sich nach diesem Schreck ausruhen zu müssen und huschte stattdessen heimlich in den hintersten Winkel des Stalles. Dort befand sich sein Lieblingsort an den er sich verkroch, um ungestört seinen Gedanken nachzuhängen, wenn es ihm - viel zu selten - gelang, seinen Beschützern zu entkommen und wo sie ihn bislang noch nie gefunden hatten, so sehr sie auch suchten.

Seine Lehrer hatten den Prinzen sehr gewissenhaft auf die Aufgabe als zukünftigen König vorbereitet, mit all den Kenntnissen, die er dafür benötigte. Das Lesen lernen mit Hilfe der Familienbibel fiel dem Prinzen leicht. Auch der Umgang mit Zahlen gelang dem Prinzen ohne größere Probleme. Mühsam hingegen erlernte er das Schreiben mit angespitzten Federkielen, mit denen er ungelenk über das Pergament kratzte. Lang und ausführlich hatten seine Lehrer ebenfalls von der Verantwortung gesprochen, die der Prinz später gegenüber seinem Reich und seinen Untertanen habe. Sie sprachen von Recht und Gesetz, der Familientradition und als Belohnung erzählten sie manchmal Geschichten aus uralten Tagen und von Sagen, in denen riesengroße Ungeheuer vorkamen und wie die tapferen Helden vergangener Tage diese besiegten.

Alle diese Gedanken kreisten unaufhörlich im Kopf des Prinzen und vermischten sich zu einem großen Knäul, dass er nicht entwirren konnte. In seinem Bauch hingegen kreiste definitiv irgendetwas anderes, was ein flaues unangenehmes Gefühl hervorbrachte. Die Verantwortung für seine Untertanen als zukünftiger König war für ihn deutlich spürbar. Aber was konnte selbst ein König tun, wenn ein Drache im Reich eine riesige Verwüstung anrichtete? Er atmete schnell und konnte sein Herz bis gegen die Innenwand seiner Rüstung schlagen hören. Sein Unbehagen, seine Unsicherheit wuchs zur riesigen Angst als ihm langsam dämmerte, dass theoretisches Wissen nur *einen* Teil der Lösung ausmachte und er keinerlei praktische Erfahrung besaß. Und genau praktische Erfahrungen konnten in einer Begegnung mit einem Drachen entscheidend sein. Was also sollte er tun? Konnte er tun? Es blieb ihm keine Zeit zum

Üben, um diese Erfahrungen zu sammeln. Einerseits wurde ihm klar, dass er als Thronfolger seinen Vater unterstützen sollte bei der Aufgabe, das Reich zu regieren und zu schützen. Andererseits war ihm bewusst, dass er dem Drachen weder mit einem Holzschwert noch auf einem Holzpferd entgegentreten könne. Auch das Hin- und Herwenden von vielen weiteren Gedanken brachte ihn keiner sinnvollen Lösung näher.

Da sah der Prinz in einer Ecke etwas Metallisches durchscheinen. Einige Säcke waren umgefallen und hatten einen Teil des Fußbodens freigelegt. Neugierig schob er mit seinem Fuß das Stroh weiter zur Seite und fand eine herumliegende, sehr wahrscheinlich vollkommen vergessene Scheide, in der noch ein Schwert steckte. Vorsichtig nahm er die Scheide an sich und zog das Schwert langsam heraus. Seit mehreren Jahren musste es bereits unentdeckt dort liegen, denn viele Rostflecke bedeckten den größten Teil der Schneide. Bestimmt hatte sich der ehemalige Besitzer längst vom Burgschmied ein neues anfertigen lassen. Ohne weiter darüber nachzudenken gürtete der Prinz es sich um seine schmalen Hüften. Endlich einmal fühlte er sich stark. Das Schwert war viel schwerer, als er gedacht hatte und behinderte seinen Weg beträchtlich, als er spontan ungesehen in einem Geheimgang verschwand, der unter dem Burggraben bis hinein in den Wald führte. Nun aber, als er auf der Waldlichtung stand, um sich schaute und auf den Drachen wartete, spürte er erst, wie zittrig er war und fragte sich, ob seine unbesonnene Handlung nicht vielleicht doch reichlich voreilig war.

Plötzlich wurde die Luft wärmer, das Grölen lauter und ein schwerer Geruch wehte heran. Dann brach etwas Großes durch das dichte Unterholz und befand sich auf der Lichtung, dem Prinzen gegenüber. Er versuchte ganz fest an die Helden aus den Geschichten seiner Lehrer zu denken. Wie er es bei den Rittern seines Vaters oft gesehen hatte, bemühte sich der Prinz mit nur einer einzigen geschmeidigen Bewegung das Schwert zu ziehen und sich dem Kampf mit dem Ungeheuer zu stellen. Es gelang ihm nicht so einfach, wie er es sich vorgestellt hatte, doch letztlich standen sie sich Auge in Auge gegenüber: der riesige, feuerrote Drachen mit gesengtem Kopf, bereit zum Angriff und der angstvoll zitternde Prinz mit angespannter Aufmerksamkeit, mit laut klopfendem Herzen und erhobenem Schwert, bereit es einzusetzen. Dicke Dampfwolken qualmten aus den Nasenlöchern des Drachen, als dieser den Prinzen ansah. Der Prinz hingegen versuchte in diesem Moment einfach nur, einigermaßen Haltung zu bewahren und sich seine riesige Furcht nicht anmerken zu lassen. Alle seine Sinne aber waren hellwach auf den Drachen gerichtet. Sonnenstrahlen funkelten durch die Bäume auf die Lichtung. Unbeweglich wartete der Prinz auf eine erste Bewegung des Drachen. Doch mit seinen riesigen Augen schaute der Drachen den Prinzen ruhig an und schien verblüfft, eine einzelne Person zu sehen, die den Mut aufbrachte, sich ihm alleine entgegen zu stellen. Plötzlich blinzelte der Drache, oder war es ein Zwinkern? Er entspannte sich sichtlich, neigte den Kopf ein wenig zur Seite und es schien, als ob er lächelte, als er die Mundwinkel leicht nach oben zog.

Der Drachen schaute den Prinzen an, öffnete sein großes Maul - und begann plötzlich zu sprechen anstatt Feuer zu spucken. Als der Prinz Worte hörte und diese verstand, schrak er aufs Heftigste zusammen. Der Drache aber erklärte, dass der Prinz keine Angst vor ihm haben müsse. Er erklärte weiter, dass bis zu diesem Zeitpunkt keiner hier wisse, dass er die Sprache der Menschen verstünde und auch sprechen könne. Bislang habe aber auch noch niemand den Mut gehabt, sich ihm gegenüber zu stellen, so dass ein Gespräch überhaupt möglich gewesen wäre. Der Prinz atmete erst einmal tief aus, seine Anspannung löste sich ein wenig. Und so berichtete der Drachen weiter, dass er sich auf seiner Rückreise von einem Besuch in einem Sturm verflogen und vollkommen die Orientierung verloren habe. Er wolle gerne zurück zu seiner Familie in seine Heimat China, wisse nur nicht den Weg dorthin. Und bislang habe er auch niemanden danach fragen können, da sich immer sofort mehrere Angreifer zugleich mit lautem Gebrüll auf ihm gestürzt hatten. Da habe er sich notgedrungen mit seinen Mitteln verteidigen müssen wobei leider einige Bäume angesengt oder auch mit samt dem Wurzelballen umgerissen wurden, wofür er sich an dieser Stelle bei dem Prinzen entschuldigen wolle. Der Drache schloss seine Erklärung mit einer nochmaligen Versicherung, dass der Prinz sich vor ihm nicht ängstigen müsse, legte seinen

Kopf langsam als Zeichen seiner Friedfertigkeit auf den Boden und schaute den Prinzen mit seinen großen Augen an.

Als Reaktion auf die Rede des Drachen ließ der Prinz zögernd das Schwert sinken, blieb aber weiterhin wachsam. Sein Magen beruhigte sich langsam. Die große Erleichterung spürte er auch in seinen Beinen, die wieder einmal merklich weich zu werden drohten. Das Ausmaß des Erstaunens, einen sprechenden Drachen vorzufinden, war unbeschreiblich. Mindestens ebenso groß war das Erstaunen des Prinzen darüber, dass er den Drachen verstehen konnte. Und auch über die Friedfertigkeit des angeblich so gefährlichen Ungetüms.

Aber konnte er der Rede des Drachen wirklich trauen? Da er keine wirkliche Wahl hatte entschied er sich, es zu versuchen. Immer noch verblüfft hob der Prinz nur stumm den Arm und wies in Richtung Osten, dem Sonnenaufgang entgegen und erklärte dann, dass der Drachen China erreiche, wenn er dieser Richtung einige Tage lang folgen würde. Unwillkürlich löste sich daraufhin beim Drachen ebenfalls ein tiefer Seufzer. Endlich hatte er jemanden gefunden, der ihm die notwendige Auskunft erteilen konnte. Dankbar lobte er den Prinzen ob seines Mutes, ihm vollkommen alleine gegenüberzutreten, ihm zuzuhören und seine Frage zu beantworten. Daraufhin erklärte der Drache weiter, dass in China Drachen glückverheißende und mächtige Wesen seien und dem chinesischen Kaiser gehören. Sie seien ebenfalls Boten der Weisheit und des langen Lebens.

Für seine mutige gute Tat wolle er den Prinzen deshalb ebenfalls damit belohnen. Daraufhin holte der Drachen tief Luft und hauchte den Prinzen sanft an. Dieser schloss die Augen, nicht wissend, was auf ihn zukam. Doch nur ein gleichmäßiger angenehm warmer Luftstrom umhüllte den Prinzen für wenige Momente, dann vernahm er ein stärkeres Rauschen, als ob sich etwas in die Luft erhob. Als der Prinz seine Augen wieder öffnete, war der Drachen verschwunden.

Der Prinz kam sich vor, als habe er alles nur geträumt und schüttelte sich kurz. Im Nachhinein konnte er kaum mehr verstehen, wie es eigentlich zu der ganzen Situation gekommen war. Aber er spürte eine Veränderung, die mit ihm vorgegangen war und die es ihm ermöglichte, ohne Angst seinen Eltern von der Begegnung mit dem Drachen zu erzählen. Als sie nach der Rückkehr des Prinzen in die Burg von seinem Abenteuer erfuhr, fiel die Königin in Ohnmacht. Sie sank in die Arme des Königs, der sie geschickt auffing, so dass sie keinen Schaden nahm. Der König selbst war trotz seiner Befürchtungen insgeheim sehr stolz auf seinen Sohn, der zwar leichtsinnig in dieses Abenteuer gelangt war, aber dann sehr viel Mut bewiesen und es so glänzend bestanden hatte. Danach veränderte sich das Leben des Prinzen von Grund auf. Eine Rüstung musste der Prinz von nun an nur noch zu den Übungen auf dem Kampfplatz anlegen. Der König ließ zur Belohnung ein neues Schwert und ein Schild für den Prinzen schmieden und schenke ihm ein stolzes Ross, welches er von nun an stets reiten solle.

Jetzt endlich erhielt der Prinz den notwendigen Freiraum, um eigene Erfahrungen zu sammeln und der König und die Königin bekamen das Zutrauen, dass der Prinz sein Leben gut gestalten könne. Natürlich standen sie ihm trotzdem jederzeit hilfreich als Unterstützung zur Seite - wenn es nötig war und der Prinz sie danach fragte. Mit der Zeit entwickelte so der Prinz immer mehr Zuversicht und Selbstvertrauen. Auch die Königin hatte durch dieses Ereignis gelernt, dass eigene Erfahrungen unentbehrlich sind, insbesondere bei Auseinandersetzungen mit Drachen. Sie gab ihre Einwilligung zu allen Änderungen, nicht jedoch, ohne ihre Angst um den Prinzen vollkommen zu verlieren. Alsbald verließen alle endlich die zugige Burg und lebten wieder im komfortablen Schloss.

Und seit der Zeit, da der Prinz zum König gekrönt wurde, war er ein Herrscher, der mit glücklicher Hand lange Jahre über sein Reich regierte und dessen Weisheit weit über die Grenzen seines Landes hinaus gerühmt wurde.

Prinzessin Irresulute

In einem wunderschönen Land lebte einst ein junger König auf seinem wunderschönen Schloss. Das Einzige, was ihm zu seinem Glück noch fehlte, war eine Frau, denn bislang hatte sein Herz noch nicht gesprochen. Und als es an der Zeit war sich eine Gefährtin zu suchen, begab er sich auf eine Reise durch sein gesamtes Reich. Unvermutet traf er in einem abseitig gelegenen verschlafenen Dorf auf ein einfaches Mädchen, das ihn mit ihrem Humor und Verstand, ihrer Anmut und ihrem Liebreiz auf der Stelle verzauberte und der König wünschte sich, dass genau dieses Mädchen seine Königin werden sollte. Da auch das Mädchen den jungen König von ganzem Herzen liebte, willigte sie in diese Heirat ein und war überglücklich. Mit großem Jubel und unter Anteilnahme des gesamten Volkes wurde die Hochzeit drei Tage lang mit großer Pracht gefeiert. Alle Orte des Königreiches waren mit bunten Fahnen und Girlanden geschmückt, der König hatte für alle Untertanen die köstlichsten Speisen und Getränke bereitstellen lassen und die unterschiedlichsten Kapellen spielten zum Tanz auf öffentlichen Plätzen. Als sich der König mit seiner Königin in ihrem prächtigen Hochzeitskleid auf dem Balkon des Schlosses zeigte, schien die Sonne freundlich vom Himmel und das Volk jubelte ihnen fröhlich zu.

Zu den Hochzeitsfeierlichkeiten waren ebenfalls alle nachbarlichen Herrscherfamilien eingeladen. In einer nicht enden wollenden Reihe zogen stolze Rösser die prächtigen

Kutschen bis vor das Schloss, in dem am letzten Abend der Festlichkeit ein großer Ball stattfinden sollte. In der Familie des Herrschers eines der Nachbarreiche aber lebte eine Prinzessin, die sich insgeheim seit vielen Jahren sehnlichst erträumt hatte, selbst die Frau des jungen Königs zu werden. Heimlich hatte sie ihn geliebt und auf ihn gehofft, seit sie ihm auf einem königlichen Gartenfest vor Jahren das erste Mal begegnet war. Nun aber sah sie sich in ihrer Hoffnung endgültig enttäuscht und wartete voll innerer Wut auf den Zeitpunkt, es dem König und seiner neuen Königin heimzuzahlen.

Dieser Zeitpunkt kam. Bevor ein Jahr vergangen war wurde dem Königspaar eine liebliche Tochter geboren. Die stolzen Eltern waren überglücklich und wünschten, dieses freudige Ereignis wiederum mit einem großen Fest zu begehen. Selbstverständlich wurden auch wieder die Herrscher der benachbarten Reiche mit ihren Familien zu dieser Feierlichkeit gebeten. Als das Fest seinen Höhepunkt erreicht hatte und niemand mehr auf die kleine schlafende Prinzessin achtete, trat, von allen anderen unbemerkt, die enttäuschte Prinzessin des Nachbarreiches an das Bettchen des Königskindes und sprach in großer innerer Erregung mit leiser zischender Stimme eine Verwünschung aus: Du wirst niemals eine Entscheidung treffen können! Wie genau die rachsüchtige Prinzessin auf diese außergewöhnliche Verwünschung gekommen war, ist nicht überliefert. Tatsache aber war, dass diese Verwünschung das Leben der kleinen Prinzessin in einem Ausmaß verändern sollte, wie es kaum vorstellbar war. Denn auch Prinzessinnen müssen tagtäglich sehr viel entscheiden.

Auf ihrer Taufe erhielt die kleine Prinzessin einen hübschen Namen, der jedoch mit der Zeit in Vergessenheit geriet. Und das kam so: Die kleine Prinzessin wuchs zu einem stillen, in sich gekehrten Mädchen mit großen Selbstzweifeln heran, denn sie hatte das unbestimmte Gefühl, anders zu sein, als alle anderen. Dieses Gefühl trat besonders dann auf, wenn sie ihre Meinung sagen oder irgendeine eigene Entscheidung treffen sollte. Sie wusste ja nicht, warum es ihr nicht möglich war, sich für irgendetwas zu entscheiden. Alles war für sie gleich wichtig - oder gleich unwichtig. In diesen Momenten kam sie sich ganz merkwürdig vor, denn andere Menschen schienen ohne größeren Zwiespalt das Für und Wider einer Sache abwägen zu können, um anschließend die eine oder andere Richtung einzuschlagen. Für alle anderen Menschen schien es einfach zu sein, zwischen richtig und falsch zu entscheiden oder womit sie bei einer Vielzahl von Möglichkeiten beginnen sollten. Für die Prinzessin jedoch war dies unmöglich. Hatte sie es endlich einmal geschafft sich zu einer Entscheidung durchzuringen, gewannen innerhalb weniger Augenblicke Unsicherheit und Zweifel wieder die Oberhand und sie begann die getroffene Entscheidung infrage zu stellen und erneut zu überlegen. Dieser Vorgang schien sich für die Prinzessin in unendlichen Schleifen zu wiederholen ohne dass sie sich in der Lage fühlte, diese

Situation zu beenden. Sie wusste einfach nicht, wie sie es anstellen sollte.

Und dies geschah nicht nur bei schwerwiegenden Entscheidungen bei denen es nachvollziehbar war, dass es Zeit brauchte, um zu einem Ergebnis zu gelangen. Nein, bei allen, ganz alltäglichen, kleinen und selbst den allerkleinsten Fragen schaffte es die Prinzessin nicht sich zu entscheiden. Sie kam grundsätzlich zu spät zu jeder Mahlzeit. Doch die zusätzliche Zeit benötigte sie nicht für das Anziehen selbst, sondern dafür, nach langen inneren Kämpfen überhaupt eines ihrer prachtvollen Kleider auszuwählen. Und wirklich sicher mit ihrer Wahl war sie auch dann nicht, wenn sie das Kleid bereits trug. Die Prinzessin besaß eine geräumige Kammer nur für die Gewänder und eine nur geringfügig kleinere für ihre gesamten Schuhe und ihr Geschmeide. Grundsätzlich gefiel ihr auch wirklich jedes einzelne Kleid, das sie besaß. Jedes hatte eine Besonderheit, die ihr in einem Augenblick als genau passend für den Anlass erschien, im nächsten Moment überlegte sie jedoch, ob vielleicht ein anderes Kleid nicht doch geeigneter wäre. Aber wenn sie nicht in ihrer seidenen Unterwäsche vor den königlichen Eltern erscheinen wollte, musste sie sich für eine der vielen Möglichkeiten entscheiden. Sollte sie das rosafarbene mit den weiten Ärmeln anziehen oder lieber das weiße mit den bunten eingewebten Schmetterlingen? Das gelbe mit der langen Schleppe oder das blaue Kleid mit dem wunderschön bestickten Oberteil oder doch lieber das spitzenbesetzte Blassgrüne? Seide oder Satin? Es war fast unmöglich zu einem Ergebnis zu kommen. Meistens löste die Prinzessin das Problem, indem sie ihre treue Kammerzofe frage, bis selbst dieser irgendwann der Geduldsfaden zu reißen drohte. War diese erste Hürde endlich genommen, mussten nur noch die jeweils passenden Schuhe sowie der Schmuck ausgewählt werden. Und sollte sie ihre langen Haare heute flechten, mit Bändern, Kämmen und Spangen hochstecken oder doch lieber offen tragen?

Diese Situationen reihten sich aneinander wie Perlen auf einer scheinbar endlosen Kette. Nach der Kleiderfrage und der weiteren Herausforderung, sich an der Tafel etwas aus dem reichhaltigen Essen auszuwählen, stand die Prinzessin vor der Aufgabe, den Dienern mitzuteilen, ob für den geplanten Ausflug am Nachmittag das weiße Pferd gesattelt oder lieber die offene oder doch die geschlossene Kutsche vorfahren sollte und so ging es weiter durch den ganzen langen Tag. Immer gab es so viele, zu viele Möglichkeiten. So vergingen die Wochen, Monate und Jahre. Nur die treue Kammerzofe wusste um das belastende Geheimnis der Prinzessin, denn diese schämte sich zu sehr um sich ihren Eltern anzuvertrauen. Stattdessen versuchte sie meistens sich vor anstehenden Entscheidungen zu drücken oder diese möglichst anderen zu überlassen. Manchmal sagte sie auch einfach irgendetwas in der Hoffnung, dass die anderen sie anschließend damit zufriedenließen. Gefühlt gab es für die Prinzessin vielleicht irgendwo immer noch eine bessere Option als die, für die sie sich gerade entschieden hatte, wenn sie nur lange genug überlegte und weitersuchte. Dadurch fühlte sie sich zutiefst verunsichert in allem, was sie tat da sie ahnte, dass ihr irgendetwas fehlte, was alle anderen zu besitzen schienen. Die Prinzessin verspürte deshalb einen großen Druck auf ihren Schultern lasten, da sie das einzige Kind ihrer Eltern war und erzogen wurde, um später über das gesamte Reich und die ihr anvertrauten Untertanen zu herrschen. Aber wie sollte sie ihre zukünftige Aufgabe nur erfüllen, denn in ihrer eigenen Meinung sprang sie ständig hin und her so dass man sie mittlerweile nur noch Prinzessin Irresolute nannte, die unentschlossene Prinzessin.

Selbst der König und die Königin, die ihre Tochter von ganzem Herzen liebten, reagierten mittlerweile gereizt, sobald die Prinzessin den Raum betrat. Es war für die Eltern sehr anstrengend, jedes Mal die langen Stunden zu ertragen, bis von ihrer Tochter endlich eine Entscheidung getroffen war, denn auch ein geduldiger König hatte nicht unbegrenzt Zeit zu seiner Verfügung. Und die treue Kammerzofe konnte natürlich auch nicht in jeder einzelnen Situation der Prinzessin zu Seite stehen um an ihrer Stelle heimlich die Entscheidungen zu treffen.

Die Zeit verging. Eines Tages nun teilte der König seiner Tochter mit, dass zu Ehren ihres bevorstehenden einundzwanzigsten Geburtstages im Schloss ein festlicher Ball die Feier am Abend krönen solle. Viele Söhne von Königen, Herzögen und Grafen von nah und fern sollten ebenfalls zu diesem Fest geladen werden, damit sie das Herz der Prinzessin erobern und sie sich unter ihnen ihren zukünftigen Ehemann auswählen konnte. In Anbetracht der bisherigen Erfahrungen mit seiner Tochter machte der König ihr allerdings deutlich, dass er höchst selbst diese Entscheidung für sie treffen würde, sollte ihr das nicht gelingen. Als die Prinzessin das hörte, wurde ihr Herz schwer. Tief in Gedanken versunken schlich sie entmutigt in ihre Gemächer. Denn wenn es ihr schon nicht möglich war, täglich einfachere Entscheidungen zu treffen, wie sollte sie es dann schaffen, sich einen Ehemann auszusuchen, eine Entscheidung, die ihr gesamtes zukünftiges Leben betraf? In diesem Fall konnte und durfte sie auch ihrer treuen Kammerzofe diese Entscheidung nicht überlassen. Die Prinzessin war verzweifelt, Tränen der Wut liefen über ihre Wangen. Sie fühlte sich hilflos und ohnmächtig, wusste angesichts ihres belastenden Geheimnisses nicht mehr ein noch aus und floh in ihrer großen Not heimlich aus dem Schloss.

Sie lief weit und weiter und schaute sich nicht mehr um. Sie lief, bis sie nicht mehr zurückfand. Sie hatte sich verirrt. Verzweifelt suchte sie nach dem Weg ins Schloss. Sie schaute in alle Himmelsrichtungen, konnte sich aber nicht entscheiden, wohin sie sich wenden sollte, um nach Hause zu gelangen. Als sie hungrig wurde nährte sich die Prinzessin von Beeren, die sie an wenigen Sträuchern finden konnte und stillte ihren Durst mit dem Wasser aus einem klaren Bach. Drei Tage und Nächte irrte sie einsam im Wald umher und traf auf keine Menschenseele.

Erschöpft ließ sie sich am Fuß eines alten Baumes auf die Erde sinken und schlief auf einem weichen Mooskissen einen langen traumlosen Schlaf. Als sie erwachte wusste sie sich immer noch keinen Rat und weinte bitterlich. Ziellos irrte sie weiter, ohne einen Weg zu finden. In ihrer Not blickte sie sich immer wieder um und entdeckte nach vielen Stunden endlich in der Nähe eine windschiefe Hütte, aus deren Schornstein ein feiner Rauchstreifen gen Himmel stieg. Durch das einzige Fenster drang ein milder Lichtschein nach außen. Es schien, als ob jemand zu Hause sei. Die Prinzessin sah keine andere Möglichkeit, ihr blieb keine Wahl.

Ohne deshalb weiter darüber nachzudenken schritt sie zu dem Häuschen und klopfte vorsichtig an die schwere Holztür. Als sie darauf wartete, dass sich diese öffnete, konnte die Prinzessin das Klopfen ihres Herzens bis zum Hals hinauf spüren. Was sich wohl hinter der Tür verbarg? Sie wusste es nicht und konnte nur darauf vertrauen, dass ihr die Bewohner des Häuschens den Weg zurück ins Schloss weisen konnten. Prinzessin Irresolute hörte Geräusche, die von leisen schlurfenden Schritten herrühren mochten. Als sich die Tür mit einem Quietschen öffnete, blickte die Prinzessin in die von vielen feinen Fältchen umrahmten Augen einer alten Frau. Sie war von kleiner Statur, stand gebeugt mit einem Gehstock in ihrer Hand. Die alte Frau trug ein schlichtes Gewand, ihre silbrigen Haare waren locker im Nacken zu einem Knoten verschlungen, ein warmes Tuch eng um ihre Schultern geschlagen. Eine pechschwarze Katze umschlich lautlos ihre Beine. Lächelnd lud die alte Frau die Prinzessin ein ihr Gast zu sein. Die Hütte bestand nur aus einem einzigen schlichten Raum. Die Feuerstelle verbreitete eine wohlige Wärme, erleuchtete den winzigen Raum jedoch nur spärlich. In der Mitte befand sich ein grober Holztisch mit zwei Hockern, am Rand ein einfaches Strohlager und eine Truhe. Über der Feuerstelle hing an einem Haken ein Topf aus dem es verführerisch duftete. Die Prinzessin trat ein, setzte sich vorsichtig und wartete ab während sich die Katze schon bald an ihrem bevorzugten Ort in der Nähe der Feuerstelle zusammenrollte.

Das Einzige, was sie ihrem Gast anbieten könne, sagte die Frau, sei eine Schale Suppe und einen Kanten Brot. Ausgehungert und dankbar nahm die Prinzessin das freundliche Angebot an, aß und trank begierig was ihr vorgesetzt wurde und fühlte sich gleich ein wenig besser. Später bot die alte Frau ihr das einfache Strohlager an, auf dem sich die Prinzessin zur Ruhe begeben konnte. Als die Prinzessin am nächsten Morgen erwachte, fühlte sie sich frisch und ausgeruht. Sie erhob sich von ihrem Nachtlager, wusch sich am Brunnen vor dem Haus und bekam von der alten Frau eine Schale Hafergrütze zum Frühstück vorgesetzt, die sie wiederum mit Heißhunger verschlang. Die Prinzessin fühlte sich nun gestärkt, bedankte sich bei der Frau und wollte gehen um ihren Weg nach Hause zu finden. Aber die alte Frau bat die Prinzessin, noch ein wenig zu bleiben und sich wieder zu setzen und schob sich selbst ihren Hocker zurecht.

Daraufhin schaute sie der Prinzessin lange tief in die Augen bis ins Herz hinein. Die Prinzessin musste schlucken, spürte einen dicken Klos in ihrem Hals. Sie schluckte erneut, dann öffnete sich ihr Herz und der jahrelange Kummer brach aus ihr hervor. Zunächst stockend dann immer flüssiger begann sie zu erzählen. Ihr liefen die Tränen über die Wangen als sie der alten Frau ihr Herz ausschüttete und von ihrem belastenden Geheimnis mit den damit verbundenen Problemen berichtete. Als sie den Namen nannte, mit dem sie aufgrund dieser Probleme bedacht wurde, so dass sich kaum jemand an ihren ursprünglichen Namen erinnerte, wurde sie sehr still. Dann berichtete sie stockend weiter von all den großen und kleinen Begebenheiten, bei denen sie sich nie entscheiden konnte und dass sie sich in Kürze auch noch einen Ehemann aussuchen solle. Und dass sie keinerlei Möglichkeit habe, diese Wahl – eigentlich überhaupt eine Wahl - zu treffen. Sie schämte sich sehr und begann erneut bitterlich zu weinen. Die alte Frau sah das tränenüberströmte Mädchen freundlich an und redete ihr beruhigend zu bis die Tränen schließlich versiegten.

Daraufhin ging die alte Frau zu der Truhe, hob mühsam den schweren Deckel und entnahm ihr ein altertümlich aussehendes längliches Holzbrett und brachte es zum Tisch. Das Brett war uneben, wies viele verschiedene Markierungen auf der rauen Oberfläche auf und besaß Vertiefungen, die in unregelmäßigen Abständen eingelassen waren. Die Frau holte ebenfalls eine kleinere dazugehörige Kiste aus dem gleichen Holz, in der sich

Kugeln und Stäbe unterschiedlicher Materialien, Größen und Farben befanden. Dieses Brett, sagte die Frau, sei eine sogenannte Messlatte. Darauf ließe sich vom Besitzer der Messlatte erkennen, was ihm wichtig sei. Mit den Jahren entstünden daraus Markierungen und Vertiefungen, die zwar zu einem Teil von anderen beeinflusst werden konnten aber dennoch einzigartig für die jeweilige Person seien, der diese Messlatte gehörte. Mit ihrer Hilfe war es möglich die eigenen Werte zu erkennen. Die Frau erklärte der Prinzessin die vielfältige Benutzung der Kugeln sowie den Einsatz der Stäbe auf der Messlatte um dadurch die Grundlagen für eigene Entscheidungen zu finden.

Mit großen Augen lauschte die Prinzessin erstaunt den Worten. Die Frau führte weiter aus, dass jeder Mensch irgendeine Form von Messlatte benutze, die allerdings sehr unterschiedlich aussehen könnten. Nicht alle seien aus Holz oder länglich, mit Kugeln und Stäben, alle aber hätten die gleiche unschätzbare Eigenschaft: sie erleichterten es, anhand von eigenen Werten jede Form von Entscheidung zu treffen. Es gehöre zu einer der großen Aufgaben in der Entwicklung jedes einzelnen Menschen, sich die eigene Messlatte zu erarbeiten. Nur in sehr seltenen Ausnahmen sei es möglich, eine grob vorgefertigte zu erhalten und diese in mühsamer Kleinarbeit zur eigenen umzugestalten.

Es war, als ob sich Prinzessin Irresolute eine völlig neue Welt öffnete. Gemeinsam mit der Frau besprach und übte sie den Einsatz und Gebrauch der Messlatte und im Verlaufe vieler Tage und Wochen wurde die Prinzessin immer sicherer im Umgang, bis sie schließlich ihre eigenen Maßstäbe erarbeitet hatte, die sie auf ganz unterschiedlichen Gebieten anwenden konnte, wenn sie es denn wollte. Bei sich wiederholenden Entscheidungen stellte sich mit der Zeit sogar eine gewisse Routine ein, so dass es der Prinzessin immer leichter fiel, eine Entscheidung zu treffen. Sie lernte ebenfalls, dass jede Entscheidung Ergebnisse mit sich brachte, mit denen man leben oder sie wiederum mit Hilfe neuer Entscheidungen verändern musste. Mit Unterstützung der alten Frau probierte sie viele unterschiedliche Einstellungen aus und ließ die verschiedenen Ergebnisse anschließend auf sich wirken. Erst jetzt stellte sie fest, dass sie bislang keine Entscheidungen treffen konnte, weil es ihr unmöglich gewesen war, dafür eigene Maßstäbe zu entwickeln und die Konsequenzen abzuwägen. Irgendetwas schien sie bislang daran gehindert zu haben. Doch diese Zeit der Unterweisung der alten Frau, des Lernens und Übens mit der Messlatte veränderten alles, so dass sich dadurch ihr altes Problem für immer auflöste.

Doch nicht alle Fragen ließen sich ausschließlich unter Zuhilfenahme der Messlatte klären. Beim Umgang damit machte die Prinzessin die für sie ebenfalls neue Erfahrung, dass sie mit vollem Herzen hinter einigen der nun von ihr getroffenen

Entscheidungen stand, es aber auch Entscheidungen gab, die sie nur widerwillig traf, die aber dennoch notwendigen waren. Die Prinzessin lernte, dass Entscheidungen immer auch in einem großen Maße von unterschiedlichsten Gefühlen in unterschiedlichen Stärken begleitet wurden, die wiederum weitere Entscheidungen mitprägten. Sie lernte ebenfalls, dass es meistens ausreichte, wenn sich eine Entscheidung gut genug anfühlte und das Wort *perfekt* ersatzlos aus ihrem Wortschatz zu streichen. Und nicht jede Möglichkeit musste von nun an jedes Mal vollständig neu überdacht, abgewogen und entschieden werden, bevor die Prinzessin sie umsetzen konnte. Ihre anfängliche Unsicherheit über so viele neue Eindrücke verwandelte sich durch die Übung mit der alten Frau zunehmend in Erfahrungen, so dass die Prinzessin mehr und mehr ihrer eigenen Entscheidungsfähigkeit vertraute.

Zutiefst dankbar für die Hilfe in größter Not aus einer ausweglos erscheinenden Situation umarmte die Prinzessin die weise Frau und bedankte sich herzlich für alles, was sie gelernt hatte. Anschließend machte sie sich mit neuem Mut auf den Weg zurück ins Schloss, den ihr die Frau nun gewiesen hatte. Ihre kostbare Messlatte trug sie zur Sicherheit in ein dickes Tuch eingeschlagen unter ihrem Arm. Trotz der langen Zeit, die für die Prinzessin während des Erlangens ihrer Maßstäbe vergangen war, war für alle anderen Menschen nur einmal die Sonne unter und am nächsten Morgen wieder aufgegangen. Da der König und die Königin unterdessen intensiv mit der Vorbereitung der

Geburtstagsfeierlichkeit beschäftigt waren, fiel es nur der treuen Kammerzofe auf, dass die Prinzessin diese eine Nacht nicht im Schloss verbracht hatte. Wie überrascht war die Zofe aber erst über die erstaunliche Veränderung, als sie dann, ohne auch nur nachzufragen, einen eindeutigen Wunsch der Prinzessin erhielt, welches Kleid und welche Schuhe sie zum Ball tragen wolle. Sie entschied sich für das mit Schleifen besetzte blassrosa Seidenkleid mit den schlichten Schuhen. Eindeutig waren ebenfalls die Wünsche, die die Prinzessin bezüglich des Schmucks und ihrer Frisur äußerte.

Auf dem Ball selbst erschien die Prinzessin pünktlich zum vorbestimmten Zeitpunkt mit ihren königlichen Eltern. Als dann nach dem Festmahl die Musik einsetzte, wurde die Prinzessin von den verschiedenen Jünglingen aufgefordert mit ihnen zu tanzen. Und nach einigen Tänzen fiel es ihr leicht, sich für einen stattlichen Prinzen zu entscheiden, der ihr gut gefiel und mit dem sie gerne mehr Zeit verbringen wollte um ihn besser kennenzulernen. Nach nur wenigen Monaten konnte sie sich dann aus vollem Herzen für ihn entscheiden. Und da auch er sein Herz der Prinzessin geschenkt hatte, wurde die Hochzeit der beiden mit vielen Gästen und außerordentlichem Glanz, drei Tage lang im ganzen Land gefeiert. Die Prinzessin verspürte eine große Erleichterung darüber, dass das endlose Grübeln über die vielen verschiedenen Möglichkeiten im Leben nachgelassen hatte und sie in der Lage war, zu einer Entscheidung zu gelangen. Aber ebenso war ihr bewusst, dass jede Entscheidung

- und wirklich jede - Konsequenzen nach sich zog, die sie dann ebenfalls zu tragen hatte. Ebenso klar war ihr jedoch, dass sie sich dann eventuell neu entscheiden könnte, wenn die Situation es zuließ und es ihr sinnvoll erschien. Die Gefühle von Ohnmacht und Hilflosigkeit verschwanden still und unbemerkt, ohne dass sie von der Prinzessin wirklich vermisst wurden. Und nach und nach erinnerten sich auch immer mehr Menschen wieder an ihren hübschen Namen, den sie nun mit frohem Herzen trug.

Voller Neid hörte die rachsüchtige Prinzessin des Nachbarreiches vom veränderten Verhalten der Königstochter und von der Hochzeit mit dem stattlichen Prinzen. Aber da die jahrelange, innere Wut ihre eigene Energie bereits vollständig aufgezehrt hatte, war sie nie mehr in der Lage einem anderen Menschen irgendeinen Schaden zuzufügen.

Niemals aber vergaß die dankbare Prinzessin die weise Frau in der Holzhütte und holte sie zu sich auf das Schloss.

Der Fürst von Fearless

Es war einmal ein kleines Land, das sich auf den ersten Blick nicht von dem Land unterscheidet, in welchem du gerade lebst. Es gab ein kleines Städtchen, welches rund um die Fürstenresidenz entstanden war, Dörfer, Flüsse, Seen, Wiesen, Wälder und Felder. Und die Menschen in diesem Land lebten in Frieden. Seit Jahrhunderten wurde das Land regiert vom Fürsten eines uralten Adelsgeschlechtes, dessen Stammbaum bis zu den Anfängen lückenlos zurückverfolgt werden konnte.

Die Legende berichtete, dass der erste Fürst, Stammvater des noch heute regierenden Geschlechts, sich eines Tages plötzlich einer Situation gegenübersah, die er nicht vorhergesehen hatte und ihn deshalb vollkommen unvorbereitet traf. Plötzlich und unerwartet fühlte er sich von einem Moment zum anderen extrem bedroht, sich dieser Bedrohung ohnmächtig ausgesetzt ohne irgendetwas daran ändern zu können. Dieses Bedrohungsgefühl konnte er deutlich im Körper spüren. Schlagartig befanden sich Herzschlag, Anspannung und Atmung in bisher unbekannten Höhen. Ihm wurde heiß, seine Hände wurden feucht. Die ganze Welt schien sich zu drehen. Seine Beine drohten nachzugeben. Alles begleitet von einem Gefühl von Kontrollverlust und Ohnmacht, Angst und Panik. In seinem Kopf wuchsen unzählige weitere mögliche Gefahren zu einem riesigen unüberwindlichen Gebirge an. In diesem Moment war er überzeugt, dass sein letztes Stündlein geschlagen habe.

Dieser Schock musste erst einmal verdaut werden. Doch allein schon der Gedanke daran brachte seinen Magen ebenfalls in einen Zustand allergrößter Unordnung. Insgesamt ein unangenehmes, höchst unangenehmes Gefühl. Ihm war danach, sich entweder zu verkriechen, was ja leider als Fürst undenkbar war oder laut schreiend aus dieser Situation wegzulaufen – ebenso nicht vorstellbar. Und wie sollte er auch vor seinem eigenen Gefühl fliehen? Aber vielleicht könnte er es zumindest versuchen? In diesem Moment jedoch stand er hilflos, unbeweglich, wie angewurzelt auf der Stelle und hoffte inständig, dass ihn in dieser Situation niemand entdeckte.

Dieses einschneidende Ereignis sollte das Leben des Fürsten und des gesamten Fürstentums nachhaltig verändern. Hinter vorgehaltener Hand erzählte man sich, dass dem Fürsten dabei buchstäblich das Herz in seine Beinkleider gerutscht sei und er sehr lange gebraucht habe, das Herz wieder an den von der Natur dafür vorgesehenen Platz zu bekommen. Gerüchteweise erzählte man sich ebenfalls, dass es sich bei diesem Ereignis um die Begegnung des Fürsten im Mindesten mit einem wilden Ungeheuer gehandelt haben müsse, wobei das Ungeheuer mit Häufigkeit der Erzählungen immer größer, fürchterlicher und gefährlicher wurde, bis es fast unvorstellbare Ausmaße angenommen hatte und so die Reaktion des Fürsten von allen Untertanen gut nachempfunden werden konnte. Selbst dem Hofnarren gelang es nicht mehr, dem Fürsten ein Lächeln zu entlocken. Der Narr, der sonst zur großen Erheiterung des

Fürsten alle Dinge uneingeschränkt beim Namen nennen durfte ohne irgendwelche Konsequenzen fürchten zu müssen, hatte für lange Zeit keinen Erfolg. Die mit diesem erschreckenden Ereignis verbundenen Empfindungen waren für den Fürsten so unangenehm, höchst unangenehm, dass er beschloss, dieses Gefühl für alle Zeiten zu meiden und jeden, auch noch so geringsten Anlass dazu vollständig aus seinem Fürstentum zu verbannen. Weder er noch seine Untertanen, für die er wie ein Vater die Verantwortung trug, sollten jemals wieder solch einer unangenehmen Emotion ausgesetzt werden. Er dachte nach.

Und nachdem er lange genug nachgedacht hatte berief der Fürst alle Sternendeuter, Wahrsager, Magier, Hellseher, Propheten und Forscher des Landes in sein Schloss und befahl ihnen, die Zukunft genau vorherzusagen, sowohl die nahe als auch die ferne Zukunft. Denn folgerichtig hatte der Fürst beschlossen, dass ihm so eine Situation mit den damit verbundenen unangenehmen, höchst unangenehmen Gefühlen niemals wieder begegnen könne, wenn er genauestens wüsste, was die Zukunft bringt und er dadurch eine Bedrohung von vornherein absolut ausschließen konnte. Zu seinem Schutz - und natürlich zum Schutz des ganzen Fürstentums - galt es nun ein für alle Mal, jegliche Ungewissheit komplett auszuschließen. Ach, wenn er doch nur die Zukunft vollständig kontrollieren könnte. Denn nicht zu wissen, was sie bringen konnte, war unerträglich.

Es waren viele hoch angesehene Frauen und Männer ihrer Zunft, die vor dem Fürsten erschienen. Allen eilte der Ruf voraus, eine besondere Methode entwickelt zu haben, um in die Zukunft zu sehen um diese exakt vorhersagen zu können. So wurden im großen Saal des Schlosses eilig verschiedenste Orakelvorrichtungen sowie viele weitere Messinstrumente und Forschungsapparaturen aufgebaut, Tabellen zur Horoskop Berechnung direkt neben den Tarotkarten auf den großen Tisch ausgebreitet. Eine bläulich schimmernde magische Kristallkugel leuchtete intensiv in den Sonnenstrahlen, die durch das Fenster schienen. Für mehrere dicke Folianten mit einer Unmenge an Daten, um aus diesen die Zukunft zu berechnen, mussten sogar weitere große Ablageflächen freigeräumt werden. In der weitläufigen Parkanlage wurden Teleskope zur Beobachtung und Auslegung der Erscheinungen am Himmel in Position gebracht, und alle, die besondere Veränderungen im Verhalten der Tiere und der Natur beobachten wollten um diese zu deuten, stellten dort ebenfalls ihre Zelte auf. Draußen wurden auch die großen Tiegel aufgestellt, in denen zum Bleigießen das Blei geschmolzen werden sollte. Unmengen umfangreicher Bücher fanden ihren Weg ins Schloss. Mit Wohlwollen schaute der Fürst auf die ganzen Vorbereitungen, ging umher und ließ sich von den Fachleuten jede noch so winzige Kleinigkeit erklären, bis er alles verstanden hatte.

Nach endlos erscheinenden Tagen und Nächten, in denen von den weisen Frauen und Männern eine riesige Menge an Deutungen und Daten gesammelt, unzählige Bücher und Tabellen gelesen, alles ge- und berechnet und verglichen, dann zunächst verworfen, neu geprüft und anschließend nochmals verändert wurde, präsentierten sie dem Fürsten die längsten Listen von Zahlen, die er sich nur vorstellen konnte. Und daraus wiederum errechneten sie, und das war im Verlauf der Geschichte einmalig - zusammen! - unter Zuhilfenahme endloser Formeln die Zukunft, auf das insbesondere der Fürst Überraschungen jedweder Art jemals wieder fürchten musste. Am Ende der Präsentation hielten die Frauen und Männer die Luft an und warteten gespannt auf die Reaktion des Fürsten, die - Gott sei Dank - nicht lange auf sich warten ließ. Sie konnten weiteratmen. Ebenso wie der Fürst, der ganz tief ausatmete bevor ein Lächeln auf seinem Gesicht erschien, das den gesamten Saal zum Strahlen brachte. Gespannt hatte der Fürst dem Bericht gelauscht. Das Ergebnis übertraf seine Erwartung so sehr, dass er nunmehr absolut sicher war, garantiert niemals wieder auch nur das geringste Risiko eingehen zu müssen, irgendeine Überraschung zu fürchten und deshalb niemals wieder Gefühle aushalten zu müssen, die unangenehm, höchst unangenehm waren und die er nicht haben wollte.

Nun endlich sah der Fürst einen Weg, sämtliche Bedrohungen für alle Zeiten vollständig auszuschließen. Deshalb überschüttete er all jene, die ihm dies ermöglicht hatten, mit

Gold und Edelsteinen und erließ auf Basis ihrer Zukunftsberechnung ein Gesetz, das der Zukunft befahl, dieses Gesetz genauestens zu befolgen: das Gesetz einer vorhersehbaren, kontrollierbaren und dadurch sicheren Zukunft. (Spätere Generationen sollten es GVKudSZ abkürzen.) Was für die Zukunft galt, galt natürlich ebenso für alle Untertanen. Auch sie wurden verpflichtet, sich nur innerhalb der vorher berechneten Grenzen zu bewegen und zu handeln, damit die Zukunft vorhersagbar blieb und benötigte Berechnungen nicht jedes Mal erneut durchgeführt werden mussten. Nachdem das Gesetz erlassen war fühlte sich der Fürst von einer riesigen Last befreit, denn von diesem Tage an brauchte er nie wieder Angst zu haben. Es gab nichts, was ihn von nun an bedrohen konnte. Endlich konnte der Fürst das unangenehme, höchst unangenehme Gefühl von Angst und Panik dank seines Gesetzes von nun an vollständig ausschließen. Stolz darauf, die von Grund auf unsichere Zukunft bezwungen zu haben, nannte er sich von nun an, Fürst von Fearless, und machte damit die Furchtlosigkeit zu seinem Namen.

Durch seinen ersten Minister sollte das neue Gesetz einer vorhersehbaren, kontrollierbaren und dadurch sicheren Zukunft dem ganzen Volke verkündet werden damit es sofort seine gesamte Wirkung entfalten könnte. Zur Demonstration ließ der Fürst eine große hölzerne Tribüne vor seinem Fürstensitz errichten, von der aus der erste Minister den Bewohnern des Fürstentums das Gesetz verkünden und mit Hilfe einer speziellen Vorrichtung erklären sollte. Herolde wurden in alle Himmelsrichtungen ausgeschickt, das Volk vor dem Schloss zu versammeln und den Ausführungen des ersten Ministers genauestens zu folgen. Mit erhobener Stimme berichtete der erste Minister dann auch den zusammengeeilten Menschen, dass die gesamte Zukunft von nun an genau berechnet sei und es keinerlei Überraschungen mehr gäbe. So könnten der Fürst mit seiner Familie sowie das gesamte Volk in absoluter Sicherheit leben. Der erste Minister verwies auf die neben ihm stehende Vorrichtung, die ein anschauliches Modell des Gesetzes darstellte. Es glich einer überdimensionierten hölzernen Kugelbahn, wie sie zur Unterhaltung von Kindern Anwendung fand. Dann hielt er einen rund geschliffenen Stein gut sichtbar für alle in die Höhe, legte ihn oben auf den Ausgangspunkt und brachte anschließend den Stein ins Rollen, so dass er entlang der Bahn bis zu deren Ende gelangte. Dort war ein kleines Glöckchen angebracht, was bei Ankunft des rollenden Steins einen höchst angenehmen Ton von sich gab. Genau so, fuhr der erste Minister fort, musste man es sich nach dem Willen des Fürsten vorstellen: Alle mussten sich in den vorgegebenen Bahnen bewegen. Selbst die Zukunft war durch das Gesetz gezwungen, sich an die Berechnung zu halten und dadurch würde es zu keinen unangenehmen Überraschungen mehr kommen. Zur Belohnung erklang das Glöckchen und das Herz verrutschte nicht mehr, sondern blieb stets am rechten Fleck. So wurde jedem Untertanen deutlich sicht- und hörbar, dass es sich wirklich lohnte, diesem neuen Gesetz zu folgen.

Wer wollte, durfte anschließend einmal den Stein von oben durch die Kugelbahn rollen lassen, um sich an dem Glockenton zu erfreuen.

Die Menschen im Fürstentum gewöhnten sich an die neue Situation, die eine im Voraus bekannte Zukunft, also eine garantierte Sicherheit bot. Von nun an sah sich niemand auch nur genötigt, für einen eventuellen, unverhofften Regenguss vorsorglich einen Umhang mitzunehmen. Irgendwelche Pläne zu erstellen oder Versicherungen zu erfinden wurden ebenso überflüssig, wie zum Beispiel eine Börse einzurichten, an der gleichsam mit Hoffnungen und Erwartungen auf die Zukunft spekuliert wurde. Auch brauchten Geschenke nicht mehr verpackt zu werden, da bereits vorher bekannt war, was die Verpackung enthielt. Da sie niemals mehr benutzt wurden verschwanden die Worte *plötzlich* und *unerwartet* gänzlich aus dem allgemeinen Sprachgebrauch. Das Leben im Fürstentum ging ruhig von statten, der Tod ebenso, da jeder die Zeit hatte, sich in angemessener Weise darauf vorzubereiten. Menschen aus anderen Gebieten blieben jedoch fortan dem Fürstentum fern, in dem für Außenstehende, die das Gesetz nicht kannten, sehr merkwürdige Vorgänge vor sich zu gehen schienen. Der Fürst aber und seine Untertanen waren sich selbst mit ihrer eigenen Zukunft genug. So gingen die Jahre ins Land.

Nun trug es sich zu, dass trotzdem eines Tages ein Fremder vollkommen unbeabsichtigt die Grenze zum Fürstentum überschritt. Er kam von sehr weit her und konnte nicht ahnen, dass das Leben in diesem Fürstentum so ganz anders verlief, als er es bislang gewohnt war. Seine weite Reise hatte ihn bereits durch viele Länder und Kontinente geführt. Auch an diesem Tag war er bereits seit langem unterwegs und so lenkte er seine Schritte zunächst zu einer Schänke, wo er sich ein wenig ausruhen und seinen Durst löschen wollte. Als er den Schankraum betrat, versetzte sein Erscheinen alle dort Anwesenden in ein äußerst großes Erstaunen. Alle schauten ihn mit großen Augen an, denn niemand konnte sich mehr daran erinnern, einen Menschen gesehen zu haben, der nicht schon immer in ihrem Fürstentum lebte.

Einer der groben Holztische war belegt von Männern, die nach getaner Arbeit ihre Zeit beim Würfelspiel verbrachten. Langsam trat der Fremde ein paar Schritte näher und wunderte sich, dass diese Männer beim Spielen vollständig gelassen blieben. So etwas war ihm bislang unbekannt. Immer kam es beim Würfeln zu Auseinandersetzungen, bisweilen zu Rangeleien und sogar zu ersthaften Handgreiflichkeiten, da man sich weder über den Spielverlauf noch über das Ergebnis einig werden konnte. Er beschoss diese Besonderheit genauer zu betrachten. Es mussten die Würfel sein, so war er sich nach kurzer Zeit sicher, die die allseits entspannte Situation begründeten. Das Besondere dieser Würfel bestand darin, dass sie jeweils auf jeder ihrer Seiten die genau gleiche Anzahl an Punkten aufwiesen, so dass bereits vor dem Wurf absolut gewährleistet war, welche Punktzahl der

Würfel nach dem Wurf zeigte. Benötigte man eine andere Punktzahl, so wählten die Spieler einen anderen Würfel. Die Wahrscheinlichkeit, eine bestimmte Punktzahl zu erzielen, betrug also in jedem Fall Einhundert Prozent. Der Zufall hatte auch hier keine Chance. Niemand schien diese Regeln ungewöhnlich zu finden oder gar in Frage zu stellen. Der Fremde jedoch bekam große Augen ob der ungewöhnlichen Spielweise.

Wie ein Lauffeuer verbreitete sich die außergewöhnliche Nachricht von der Ankunft des Fremden und erreichte innerhalb kürzester Zeit auch den Fürsten von Fearless. Die Gabel, die er gerade, beladen mit einem Bissen Fleisch, zum Mund führen wollte, fiel ihm aus der Hand. Der Fürst befand sich gerade bei seinem ausgiebigen Nachtmahl, als durch diese Nachricht innerhalb eines Wimpernschlages sämtliche Körperfunktionen wieder auf Alarm schalteten mit den bekannten, ungewünschten, totgeglaubten Emotionen. Unangenehm, höchst unangenehm!

Zunächst glaubte der Fürst jedoch an einen äußerst schlechten Scherz seiner Untertanen, denn sie berichteten von einer Situation, die so nicht sein durfte und deshalb einfach nicht wahr sein konnte. Nachdem sich der Fürst vom ersten Schock, der in seine Glieder gefahren war, etwas erholt hatte, stürzte er in seine Privatgemächer, wo er in einer verschließbaren Truhe die Familienchronik aufbewahrte. Dort hatte er seine

Namensänderung sowie das zugrundeliegende Gesetz eingetragen. Es war für ihn eine Quelle großer Beruhigung, das Gesetz unbemerkt von anderen jederzeit nachlesen zu können. Eilig blätterte der Fürst durch die ersten Seiten bis er die gesuchte Eintragung fand: den genauen Wortlaut des Gesetzes einer vorhersehbaren, kontrollierbaren und dadurch sicheren Zukunft. Schwarz auf weiß konnte er dort lesen, dass durch dieses Gesetz die Zukunft verpflichtet war, sich genau daran zu halten! Und die Ankunft eines Fremden war nicht vorgesehen, also konnte diese Nachricht nur auf einem Irrtum beruhen. Der Fürst beruhigte sich wieder und schaute zur Sicherheit ebenfalls nach, ob bei dem Modell des Gesetzes, der Kugelbahn, vielleicht eine tragende Säule geborsten und sie dadurch zum Einsturz gebracht wurde. Doch die Kugelbahn befand sich unversehrt in der riesigen Abstellkammer des Schlosses, selbst das Glöckchen am Ende hing verstaubt auf seinem Platz.

Natürlich. Es musste sich um einen falschen Alarm handeln, sowohl bei der unglaublichen Nachricht als auch in seinem Körper. Doch die Gerüchte von der unerwarteten Ankunft eines Fremden wollten einfach nicht verstummen. Im Gegenteil. Die Emotionen des Fürsten steigerten sich erneut von Ungläubigkeit über die aktuelle Situation bis hin zur Wut auf die Zukunft. Daraufhin schickte er seine gesamte bis zum Hals bewaffnete Leibgarde aus, um nach dem Rechten zu sehen, ihm über das außergewöhnliche Ereignis unverzüglich Bericht zu erstatten sowie die drohende Gefahr im Keim zu ersticken. Denn falls es wirklich jemandem gelungen sein sollte die Zukunft zu überlisten, so musste er doppelt gefährlich sein. Oder hatte sich etwa die Zukunft selbst nicht mehr an das von ihm erlassene Gesetz gehalten? Das könnte unendlich vielen weiteren Gefahren Tür und Tor öffnen. Dem Fürsten wurde angst und bange. Sofort machte sich wieder das unangenehme, höchst unangenehme Gefühl breit. Seine Hände ballten sich zu Fäusten, ein wachsender drückender Kloß ballte sich in seinem Bauch. Hitze stieg in seinen Kopf. Wie konnte es einem Fremden nur gelingen das Land zu betreten? Was wollte er hier? Gab es denn gar keine Ordnung, keinerlei Kontrolle mehr? Musste man denn alles selber machen? Der Fürst versuchte nachzudenken, was ihm in diesem angespannten Zustand jedoch nur sehr schwer gelingen wollte. Er hatte sich doch bemüht, genauestens zu erklären, wie das Gesetz einer vorhersehbaren, kontrollierbaren und dadurch sicheren Zukunft zu befolgen sei. War es ihm gelungen der Zukunft deutlich zu machen, wie sie sich zu verhalten hatte? Hatte er ihr eigentlich bei Nichteinhaltung des Gesetzes mit Konsequenzen oder einer Strafe gedroht? Lauter ungeklärte Fragen schwirrten in seinem Kopf.

Mit großer Anspannung wartete der Fürst von Fearless auf die Rückkehr seiner Leibgarde. Unter den Augen seines gesamten Hofstaates durchmaß er immer wieder mit gesenktem Kopf und auf dem Rücken verschränkten Händen mit schweren Schritten den Saal. Endlich erschien der General vor dem Fürsten und erstattete ausführlich Bericht. Betroffen darüber, dass die

Gerüchte über den unerlaubten Grenzübertritt richtig waren, schwieg der Fürst. Letztlich musste er jedoch der ungeheuerlichen, unvorstellbaren und eigentlich unmöglichen Tatsache einer Missachtung seines Gesetzes wohl oder übel ins Auge blicken. Um eine Wiederholung des Geschehenen für alle Zeiten sicher ausschließen zu können beschloss der Fürst diesen Vorgang persönlich genauestens weiter zu untersuchen. Zu seinem Leidwesen bedeutete das jedoch auch, dass er einer Begegnung mit dem Fremden nicht mehr ausweichen konnte. Unter schwerer Bewachung der Leibgarde wurde dieser nun in den großen Saal der Fürstenresidenz gebracht, dann standen sie sich Auge in Auge gegenüber, der Fürst und der Fremde. Und staunten. Langsam zog der Fremde die Kapuze vom Kopf und ließ seinen Umhang von seinen Schultern gleiten. War der Fürst in edle Gewänder gekleidet und der Fremde in seiner einfachen Tracht von Staub bedeckt, fiel jedoch allen Anwesenden etwas sehr Merkwürdiges auf. Beide waren in etwa gleich groß bei ähnlicher Statur, auch die Augenfarbe war dieselbe. Und obwohl Haarfarbe und -länge etwas voneinander abwichen und Bartstoppeln das Gesicht des Fremden bedeckten, glichen sich die Gesichtszüge auffällig. Es war dem Fürsten, als ob er in einen Spiegel schaute, als ob er sich selbst gegenüberstand.

War das nur eine Laune des Schicksals? Konnte es Zufall sein? Die Wut des Fürsten wurde jetzt für jeden im Saal praktisch greifbar. Reichte es denn nicht, dass sich die Zukunft nicht an das von ihm erlassene Gesetz hielt? Wagte es der Fremde noch zusätzlich, sich über ihn lustig zu machen?

Als erster überwand der Narr seine Verblüffung über die außerordentliche Ähnlichkeit der beiden und bevor er seine flinke Zunge in Zaum halten konnte rief er laut aus, was so offensichtlich für alle zu sehen war. Zu seinem großen Leidwesen trug er damit wieder einmal nicht zur Erheiterung seines Fürsten bei. Hatte er damit den Bogen überspannt? War sein Schicksal endgültig besiegelt, seine Zeit als Possenreißer abgelaufen? Der Fürst von Fearless schien zu wachsen, immer größer und breiter zu werden, schien Anlauf zu nehmen, um dem Narren seine Antwort entgegenzuschleudern - stutzte kurz - dann entwich die Luft seiner Lunge. Denn abgesehen von seinem Bedürfnis nach absoluter Sicherheit war der Fürst von Fearless ein gerechter Fürst und gestand sich ein: Was konnte eigentlich der Fremde dafür, wenn er ihm wie ein Ei dem anderen glich? Und der Narr deshalb nur die Wahrheit sagte?

Mit auf dem Rücken verschränkten Händen stand der Fremde aufrecht vor dem Fürsten, schaute ihn an. Auch er war überaus erstaunt darüber, sein Antlitz im Fürsten gespiegelt zu sehen. So standen sie sich eine gefühlte Ewigkeit gegenüber. Doch wieder meldete sich der vorlaute Narr: Der Fremde sei nun einmal fremd. Und als Untertan eines anderen Herrschers, erklärte der Narr, sei die Zukunft des Fremden doch schließlich in keinerlei Weise vom Gesetz einer vorhersehbaren, kontrollierbaren und dadurch sicheren Zukunft betroffen! Dieses Gesetz gelte, wie alle anderen Gesetze des Fürsten von Fearless, doch nur für sein eigenes Hoheitsgebiet. Der Fürst schluckte. Da riet der Hofnarr dem Fürsten und dem Fremden zuerst einmal tief durchzuatmen. Seine langjährige Erfahrung hatte ihn gelehrt, dass dies in schwierigen Momenten eine gute Strategie war, um wieder festen Boden unter die Füße zu bekommen.

Die vorsichtige Entspannung konnten alle Anwesenden im Saal spüren. Untereinander wurde leise getuschelt über die verblüffende Ähnlichkeit der beiden. Auf die Frage des Fürsten nach der Grenzüberschreitung versuchte sich der Fremde an einer Erklärung. Er berichtete von seiner langen Reise, um gefährliche Abenteuer zu erleben. Mutig hatte er sich bislang riesigen Riesen und gefährlichen Monstern entgegengestellt und mit ihnen gekämpft. Nicht immer war er siegreich gewesen, ein ums andere Mal hatte er Blessuren davongetragen, die aber alle verheilt sein. Aber die Grenze zu diesem Fürstentum sei für ihn einfach nicht erkennbar gewesen. Es gab dort weder Schlagbäume mit Wachposten noch andere Markierungen, die die Grenze für ihn sichtbar gemacht und ihn aufgehalten hätten. Und so sei er einfach weiter seinen Weg gegangen. Nach dieser Rede standen sich beide wieder wortlos gegenüber, schauten sich in die Augen und schienen alles um sich herum zu vergessen.

Plötzlich erbebte die Erde. Allen im Raum fuhr der Schreck in die Glieder. Da bebte die Erde erneut. Und dann geschah etwas sehr Merkwürdiges. Zur genau gleichen Zeit schoss beiden die genau gleiche Frage durch den Kopf: Woher kam die Erschütterung? Auf dem Gesicht des Fürsten hinterließ diese Frage eindeutige Hinweise auf Furcht, der Fremde hingegen zuckte bei diesem Gedanken kaum merklich zusammen und erweckte vielmehr Neugier und Abenteuerlust. Aber was war das? Konnte es sein? Ein gegenseitiges Erkennen blitzte auf, wie gebannt schauten sich beide Augenpaare an, tauchten praktisch ineinander. Wie von einer geheimnisvollen magischen Kraft angezogen machten beide Männer gleichzeitig einen Schritt aufeinander zu. Was dann geschah, konnte hinterher niemand mehr mit Bestimmtheit sagen. Etwas Rauch stieg auf als ob sich etwas Bestehendes verflüchtigte und etwas Neues hinterließ. Die Anwesenden trauten ihren Augen kaum. Alle sahen, dass nur noch eine einzige Person dort stand. Einige sahen den Fürsten, und doch war er es nicht. Andere sahen den Fremden, und doch war er es ebenso wenig. Äußerlich schien es der Fürst zu sein, aber anders, verändert.

Wieder erbebte die Erde. In regelmäßigen Abständen wiederholte sich das unheimliche Gefühl, dass der Boden, auf dem man stand, nicht zuverlässig trug. Etwas ungeheuer Schweres schien ungehindert die Grenze übertreten zu haben, in das Fürstentum eingedrungen zu sein und nun Schritt für Schritt auf das Schloss zuzukommen. Das Herz des Fürsten klopfte vernehmlich bis zum Hals, rutschte aber nirgendwo hin, sondern blieb jetzt tapfer an seiner Stelle. Fast gleichzeitig mit seiner Leibgarde stürzte der Fürst an die Fenster. Sie sahen den Kopf eines riesigen Trolls hoch über die höchsten Baumwipfel herausragen. Im Näherkommen schwang er eine schwere Keule und stieß unartikulierte, drohende Laute aus.

Ein Glück, dass die Leibgarde bewaffnet und zur Stelle war. Sofort verlangte der Fürst nach seiner Rüstung, befahl alle auf die Verteidigungspositionen und ließ die Zugbrücke hochziehen. Angespannt warteten sie auf das, was kommen mochte. Als der Troll bedrohlich vor dem Burggraben stand, seine Keule erhob und den Fürsten herausforderte, ließ dieser eine Flut von Pfeilen auf den Troll abschießen. Der stutzte kurz, pickte sich die wenigen Pfeile, die ihr Ziel gefunden hatten, aus der Haut, kratzte sich an diesen Stellen, drehte sich um und verließ diese für ihn sehr ungastliche Stätte in die Richtung aus der er gekommen war. Ihm war klar geworden, dass diese vermeintlich leichte Beute sich wehren würde und nicht so leicht zu haben sei, wie er sich das gedacht hatte. Damit war diese Bedrohung für den Fürsten und sein Reich unerwartet glücklich beendet, die Erde beruhigte sich. Und nach einer Weile beruhigte sich auch die Aufregung und alle waren froh, einem Kampf entgangen zu sein.

Nachdem der Fürst seine Rüstung wieder abgelegt hatte konnte auch er sich entspannen. Zu seiner großen Überraschung hatte sich das unangenehme, höchst unangenehme Gefühl, die Angst, nicht eingestellt. Es war einer Anspannung gewichen, die es ihm ermöglichte, aufmerksam und konzentriert seine Befehle zu geben, um die bedrohliche Situation zu klären. Ihm wurde klar, dass seine Angst ursprünglich gleichfalls wie eine unsichtbare Rüstung wirkte, die ihn bei einer realen Bedrohung wappnete um zu kämpfen, zu fliehen oder abwarten zu können, bis die Gefahr vorüber war. Mit dieser besonderen Gefühlsrüstung war er in der Lage, Gefahrensituationen zu begegnen - solange sie nicht ausschließlich in seinen Gedanken stattfanden. Denn die körperlichen Veränderungen der Angst selbst sind nicht gefährlich, selbst wenn es sich bislang für den Fürsten anders angefühlt hatte.

Als Fürst oblag ihm die Kontrolle über sein Land und seine Untertanen, und nun endlich wurde ihm klar: auch über *seine* Gedanken und Gefühle. Der Fürst von Fearless dachte nun neue Gedanken, er fühlte bislang unbekannte Gefühle, ohne dass ihn dabei extreme körperliche Reaktionen in die Flucht trieben - und irgendetwas fühlte sich sogar an wie ein wenig Neugier. Neugier auf die Zukunft. Er musste sich jetzt eingestehen, dass eine Vorhersagbarkeit der Zukunft wohl doch nicht möglich, aber nun auch nicht mehr nötig war. Da er nun mit seiner Anspannung umgehen konnte und Angst nur als unsichtbare Rüstung verstand, hatte von nun an, der Name von Fearless seine Richtigkeit.

Das Gesetz einer vorhersehbaren, kontrollierbaren und dadurch sicheren Zukunft brauchte nicht aufgehoben zu werden, da es sowieso von Anfang an unwirksam war. Nur scheinbar und mit einem gewissen Augenzwinkern hatte die Zukunft so getan, als ob sie sich an die Vorherbestimmungen hielt, wohl wissend, dass sie sich jederzeit umentscheiden und, wie immer, spontan etwas vollkommen anderes machen konnte. Ihr war einfach nichts zu befehlen.

An einem schönen sonnigen Frühlingstag verliebte sich der Fürst von Fearless plötzlich und unerwartet. Schlagartig überfielen ihn altbekannte Empfindungen, Herzschlag, Anspannung und Atmung befanden sich wieder in bekannten Höhen. Ihm wurde heiß. Die ganze Welt schien sich zu drehen. Seine Beine drohten nachzugeben und auch sein Magen schien in allergrößter Unordnung. Konnten das auch Schmetterlinge sein? In seinem Kopf wuchsen unzählige wunderschöne Zukunftspläne.

Angenehm, höchst angenehm!

Schatzsuche

In einem kleinen Königreich war es dem Königspaar beschieden, nur ein einziges Kind zu bekommen. Die kleine Prinzessin war von Anbeginn der Sonnenschein, der Augapfel ihrer Eltern, der größte Schatz, der ihr Glück vollkommen machte. Seitdem die Prinzessin die ersten Schritte tat, beschäftigte sich die Königin gerne damit, wer denn eines fernen Tages ihre Tochter heiraten könne. Für die Prinzessin wünschte sich die Königin einen Mann von edler Gesinnung, kühn und weise damit sie zusammen glücklich werden konnten. In vielen stillen Stunden saß sie am Fenster, blickte hinaus in den Schlossgarten und versuchte, sich so einen Mann vorzustellen. Dabei ging sie in Gedanken immer wieder eine Liste möglicher Kandidaten von verschiedenen Königen und Prinzen durch, die sie bislang kennengelernt hatte. Sie dachte an die Vorzüge aber auch die Nachteile jedes einzelnen, drehte und wendete alles unentwegt in ihrem Kopf, aber keiner erschien ihr bislang gut genug für ihre Tochter.

Die Jahre vergingen und die Prinzessin wuchs zu einem anmutigen jungen Mädchen heran, das jedermann nur Freude bereitete. Je älter aber die Prinzessin wurde, desto breiteren Raum nahmen die Überlegungen, einen passenden Gemahl für sie zu finden, im Denken der Königin ein. Wann immer es ihr möglich war versuchte die Königin ebenfalls, sich mit weit gereisten Männern, die an den Königshof kamen, darüber auszutauschen, ob es auch Prinzen an sehr fernen Fürstenhöfen gäbe, die es vielleicht wert waren, sie einmal einzuladen und kennenzulernen. Und obwohl sie die Liste möglicher Heiratskandidaten im Verlauf der Jahre dadurch immer mal wieder um einige Prinzen erweitert hatte, war die Königin bislang noch zu keinem zufriedenstellenden Ergebnis gelangt. Doch die Zeit nahte, da eine Antwort auf diese Frage erforderlich wurde.

Da sie sich bald alleine keinen Rat mehr wusste, wandte sich die Königin mit ihren Überlegungen an ihren Gemahl in der Hoffnung, mit ihm gemeinsam eine Lösung zu finden. Der König hörte sich alles in Ruhe an und überlegte ebenfalls lange und ausführlich. Diese Überlegungen fanden irgendwie den Weg über die Palastmauern und gelangten auf verborgenen Pfaden zum Volk. Den Untertanen kam zu Ohren, dass der König beabsichtigte, denjenigen mit seinem größten Schatz zu vermählen, dem es gelänge, ihm binnen eines Jahres einen ebenso großen Schatz vorzulegen. Die Königin sollte sich mit diesen Gedanken schwergetan aber letztlich auch ihre Zustimmung gegeben haben. Aufgrund dieses Gerüchtes machten sich viele mutige Männer im Königreich und darüber hinaus auf den Weg, um einen möglichst großen Schatz zu finden und dadurch die Hand der Prinzessin zu erlangen.

Nach einer Weile erreichte diese Kunde auch drei rechtschaffene Brüder, die gemeinsam ihren elterlichen Hof mit ihrer Hände Arbeit bewirtschafteten. Der Hof war klein und warf nur wenig Erträge ab, so dass sie trotz mühsamer Plackerei ein ärmliches Dasein fristeten. Auch sie hatten von der liebreizenden Prinzessin und dem Gerücht gehört und beschlossen, sofort alles stehen und liegen zu lassen, um sich auf die Suche nach einem Schatz zu begeben. Die drei Brüder packten ihre wenigen Habseligkeiten jeweils in ein Bündel und machten sich auf. Als sie wenig später an eine Wegkreuzung gelangten, konnten sie sich aber nicht darauf einigen, in welche Richtung sie weitergehen sollten um den benötigten Schatz zu erlangen. Und so wünschten sie sich gegenseitig Glück und trennten sich. Jeder ging seinen eigenen Weg.

Schon wenig später traf der erste Bruder auf einen Händler, der mit seinem voll bepackten Wagen gen Süden zog und fragte diesen, ob er ihn ein Stück des Weges mitnehmen könne. Der Händler war froh über die Begleitung eines vertrauensvollen tüchtigen Burschen, der bei drohender Gefahr bereit war, ihm zu helfen seine Waren zu schützen. So setzten sie ihren Weg gemeinsam auf dem Wagen fort. Es war die Absicht des Händlers, seine Waren im nächsten Hafen an Bord eines Schiffes zu bringen um sie in einem anderen Land mit großem Gewinn zu verkaufen. Dort wollte er wiederum Seide und kostbare Gewürze mitnehmen, damit die Rückreise ebenfalls nicht umsonst wäre. Der erste Bruder wurde hellhörig und fragte sich, ob er nicht durch Zufall auf eine gute Möglichkeit gestoßen sei, selbst einen Schatz zu erlangen. Er berichtete dem Händler von der Prinzessin und dem Gerücht und fragte, ob dieser ihn unterweisen könne, wie und womit er innerhalb eines Jahres einen möglichst großen Gewinn erzielen könne um diesen Schatz dem König zu bringen. Gerne willigte der Händler ein und freute sich über eine längere Begleitung sowie die Gelegenheit, seine Erfahrung einem jüngeren weitergeben zu können. Gegen Kost und Logis zog der erste Bruder fortan mit dem Händler durchs Land.

Während der ersten Wochen beobachtete er den Händler genau und lernte. Er schaute, auf welche Weise der Händler die Ware möglichst vorteilhaft präsentierte, welche Worte er wählte um diese anzupreisen und mit welchen unterschiedlichen Mitteln er versuchte beim Kunden die Kauflust zu wecken. Was ihm auch häufig gelang. Nach und nach durfte der erste Bruder den Händler unterstützen und eines Tages bot ihm der Händler die Möglichkeit einen eigenständigen Verkauf zu versuchen. Dieser war erfolgreich und vor Freude darüber durfte der erste Bruder den Gewinn behalten. Er verwahrte diese Münze sorgfältig als Talisman und als Grundstock seines eigenen Schatzes. Mit Erlaubnis des Händlers kaufte und verkaufte er immer mehr auf eigene Rechnung und das Glück blieb ihm hold. Am Ende des Jahres hatte er so viele Münzen beisammen, dass er einen Beutel benötigte, um sie zu transportieren.

Der zweite Bruder traf auf seinem Weg einen alten Mann mit müden Augen, die hinter Augengläsern verborgen waren, der versuchte, mit schwieligen Händen einen Handkarren den

Hügel hochzuziehen. Der Pfad war durchzogen von tiefen Furchen, die andere Pferde- und Ochsenfuhrwerke im Boden hinterlassen hatten. Der Handkarren war voll beladen mit unter Decken geschützten Büchern, wie der alte Mann erzählte. Das Ziehen des Karrens war mühsam und schwer. Sofort bot der zweite Bruder seine Hilfe an, packte zu und gemeinsam zogen sie den Karren zum nächsten Dorf, wo der alte Mann Zuhause war. Unterwegs hatte bereits ein leichter Regen eingesetzt, der sich mittlerweile zu einem Unwetter ausgeweitet hatte. An der Hütte angekommen stellten sie den Karren im Schuppen unter, so dass die Bücher keinen Schaden litten. In der Hütte entfachten sie ein Feuer im Kamin um sich zu trocknen und der alte Mann holte einen Laib Brot und ein Stück Käse hervor, was sie hungrig verzehrten, bevor sie sich zur Ruhe begaben. Am nächsten Tag luden den Karren behutsam ab, brachten alle Bücher nach und nach in die Hütte und legten sie vorsichtig auf ein dafür vorgesehenes Holzregal, denn der alte Mann hütete seine Bücher wie einen Schatz. Staunend nahm der zweite Bruder jedes einzelne in die Hand, schaute auf die goldfarbenen Lettern, schlug es auf und blätterte immer mal wieder in dem einen oder anderen. Neugierig fragte er sich, welche Geheimnisse wohl in ihnen verborgen waren. Mit großer Freude sah der alte Mann die Neugierde und Ehrfurcht, mit der der zweite Bruder die Bücher betrachtete. Er nahm ebenfalls ein Buch in die Hand, strich mit seinen Händen liebevoll über den ledernen Einband, setzte sich und legte das Buch geöffnet vor sich auf den Tisch. Er bat den zweiten Bruder, sich zu ihm zu setzen und erzählte von der Natur, von Tieren und Pflanzen, die das Buch zum Inhalt hatte. Es gab Zeichnungen, die die Ausführungen in leicht verblichenen Farben illustrierten. Spät in der Nacht ging der alte Mann zu seinem Lager, der zweite Bruder aber blätterte fasziniert weiter in dem Buch und versuchte einzelne Worte zu entziffern. Die Eltern besaßen damals nur eine alte Familienbibel, aus der der Vater früher gelegentlich am Sonntagabend vorlas. Später hatte die Mutter mit viel Geduld versucht ihren Söhnen anhand dieser Texte das Alphabet beizubringen. Doch bevor es einem von ihnen gelang, das Lesen zu meistern, starben beide Eltern kurz nacheinander an einer Seuche, die das kleine Dorf heimgesucht hatte.

Doch nun hatte der Ehrgeiz den zweiten Bruder gepackt. Mit Unterstützung des alten Mannes nahm er den Unterricht, den seine Mutter vor Jahren begonnen hatte, wieder auf. Nachdem er das erste Wort alleine entziffert hatte ging ein strahlendes Lächeln über sein Gesicht, seine Augen leuchteten. Am Anfang half der alte Mann dort, wo es noch nötig war, aber schnell wurde das Lesen leichter und zur neuen Lieblingsbeschäftigung des zweiten Bruders. Er vertiefte sich in jedes zur Verfügung stehende Buch, in welchem er ganz neue Welten für sich entdeckte. Tagsüber half er dem alten Mann bei seinen Aufgaben, abends las er in den Büchern, gemeinsam besprachen und diskutierten sie dann deren Inhalt. Das ganze Jahr blieb er bei dem alten Mann, um möglichst viele Bücher zu lesen und daraus zu lernen.

Der dritte Bruder schritt ebenfalls munter aus auf seinem Weg. Unterwegs begegneten ihm manche Menschen, die ihn gerne ein Stück des Weges begleiteten um mit ihm interessante Gespräche über Gott und die Welt zu führen. Dadurch wurden ihm die Tage niemals lang. Als der Weg über eine Brücke führte verließ der dritte Bruder den bisher eingeschlagenen Pfad und folgte dem kleinen Flüsschen, das sich durch das Tal schlängelte. An seinen Ufern lagen saftige Weiden und so war es nicht verwunderlich, dass er bereits nach einer kurzen Wegstrecke auf einen Schäfer traf, der dort seine Herde weidete. Der Hütehund wachte darüber, dass keines der Schafe abhandenkam und der Schäfer kümmerte sich um alles andere. Er hatte Muße das Leben zu betrachten und die vielfältige Schönheit im Alltäglichen zu entdecken. Sein Besitz bestand aus seinen Schafen, seinem Hund und dem kleinen Schäferkarren, mit dem er gemächlich von einem Weidegrund zum nächsten ziehen konnte. Er erklärte dem dritten Bruder, dass er genauso lebe, wie er es wolle und dass er glücklich sei, da er alles besitze was er zu seinem Leben benötige: die Liebe zu seinen Tieren, die Schönheit der Natur und genügend Zeit um über die Dinge, die ihm wichtig waren, nachzudenken. Auch der dritte Bruder begann nachzudenken über das Glück, einen solchen Schatz zu besitzen.

Nach einem Jahr trafen die drei Brüder wieder auf ihrem Hof zusammen und freuten sich sehr, einander wieder zu sehen. Sie erzählten sich von ihren Erlebnissen und gingen am nächsten Tag gemeinsam zum Schloss, um dem König und der Königin ihren jeweiligen Schatz zu präsentieren. Sie waren gespannt, wer von ihnen die Prinzessin zur Frau erhalten würde. Aber im Schloss trafen sie auf andere junge Männer, die sich vor einem Jahr mit dem gleichen Ziel auf die Reise gemacht hatten und sich nun vom Königspaar die Hand der Prinzessin versprachen. Der König und die Königin waren höchst erstaunt über die vielen jungen Männer und deren Wunsch, die Prinzessin zu heiraten indem sie dem König einen großen Schatz brachten. Wie nur hatten sich ihre damaligen Überlegungen so weit verbreitet können? Dennoch war das Königspaar gewillt alle anzuhören. Als die Reihe an den Brüdern war berichteten auch sie nacheinander siegessicher von ihrer jeweiligen Reise, ihren Erfahrungen und dem Ergebnis.

Nachdem sie allen Berichten gelauscht und alle vorgelegten Schätze begutachtet hatten bedankten sich der König und die Königin. Aber sie sagten auch, dass es vor einem Jahr nur vage Überlegungen gewesen seien, aufgrund dessen sich die jungen Männer auf den Weg begeben hätten. Die Königin und der König konnten sich noch nicht vorstellen, sich wirklich von ihrer Tochter zu trennen. Sie konnten ihren Schatz keinem der Anwesenden anvertrauen, da dieser ihrer Meinung nach alle vorgelegten Schätze bei weitem übertreffe. Der König aber bekräftigte nun, dass er ernsthaft über die Möglichkeit nachdenken wolle denjenigen mit seinem größten Schatz zu vermählen, der ihm einen ebenso großen Schatz binnen eines Jahres vorlege. Obwohl einige der jungen Männer an dieser

Stelle der Mut verließ und sie nach Hause zurückkehrten, zogen die drei Brüder erneut aus um zu versuchen ihren Schatz zu vergrößern, damit sie nach einem weiteren Jahr die Prinzessin zur Frau bekamen.

Mit seinem bisherigen Schatz erwarb der erste Bruder Anteile an Unternehmungen, die Expeditionen zu unbekannten Ländern ausstatteten. Wagemutige Männer sollten sich auf Reisen begeben, um neue Lande zu erkunden und möglichst viele kostbare Handelsgüter wie Pfefferkörner, Muskatnüsse, Seide oder andere Besonderheiten mitzubringen. Mit großem Aufwand wurden Reiserouten geplant, ein Schiff ausgestattet und Karawanen zusammengestellt sowie alle sonstigen Vorbereitungen getroffen für das große Abenteuer. Dem ersten Bruder war bewusst, dass ein einziges Jahr für so eine gewaltige Herausforderung vielleicht zu kurz sein könnte und das Risiko der Männer sehr groß war, weder das angestrebte Ziel noch die Heimat wieder zu erreichen. Stürme und Eis, Piratenangriffe oder sonstige Überfälle, Krankheiten oder unwegsames Gelände konnten die Expedition zum Scheitern bringen und das eingesetzte Geld war unwiederbringlich verloren. Aber das Glück blieb dem ersten Bruder hold. Innerhalb eines Jahres erreichte das Schiff den Heimathafen, voll beladen mit Schätzen, die in Gold aufgewogen wurden.

Auch der zweite Bruder zog wieder vom Schloss fort ohne zu wissen, wohin er sich wenden sollte. Unterwegs kam ihm ein

Mönch entgegen, der schwer an einem in ein Leinentuch eingeschlagenen Paket trug. Sie kamen ins Gespräch und bereits nach wenigen Worten stellten sie eine gemeinsame Liebe zum geschriebenen Wort fest. Bücher waren ihrer beider große Leidenschaft und der Mönch war beauftragt, ein soeben fertiggestelltes Exemplar für die Bibliothek eines Mäzens des Klosters auszuliefern. Ins Gespräch vertieft setzten sie ihren Weg gemeinsam fort, bis sie letztlich wieder zurück ins Kloster gelangten. Dort bat der zweite Bruder darum für ein Jahr das Klosterleben mit den Mönchen zu teilen, um in der Bibliothek seine Studien fortzuführen, seinen Wissensschatz zu vergrößern und dadurch die Aussicht, die Prinzessin zu erlangen, zu erhöhen. Schmunzelnd gewährte der Abt die ungewöhnliche Bitte. In der Schreibstube arbeiteten viele Mönche bei Tageslicht, um kostbare
Abschriften von Büchern herzustellen und sie zu illustrieren. Die Klosterbibliothek war eindrucksvoll, gefüllt mit Büchern, die schwere Regale füllten. Als der zweite Bruder diesen Raum betrat, fühlte er sich sofort Zuhause.

Wie zuvor zog der dritte Bruder ebenfalls hinaus in die Welt, ohne ein konkretes Ziel anzustreben. Er gelangte in ein kleines Königreich im Norden, das zwischen zwei Meeren lag und von einem überaus gastfreundlichen Volk bewohnt wurde, dem die Gemütlichkeit und Behaglichkeit sehr am Herzen lag. Das Wetter dort war häufig rau, der Wind kräftig, die Winter lang und eisig. Während einiger Monate im Jahr wurde es sogar nur für wenige Stunden am Tag richtig hell. Für die Menschen in diesem Königreich war es deshalb von besonderer Bedeutung, es sich in ihrem Zuhause miteinander so gemütlich und behaglich wie möglich zu machen. Das eigene Heim bildete einen geschützten Rückzugsort, an dem man zur Ruhe kommen und neue Kraft schöpfen konnte. Spontan nahmen die Bewohner des Landes den dritten Bruder mit zu sich nach Hause, zeigten ihm, wie sie lebten indem sie viele Kerzen anzündeten, sich in warme Decken hüllten und versuchten, durch viele kleine Dinge und einem gemeinsamen warmen Essen ihr Wohlbefinden zu vermehren. Die Gemeinschaft mit ihren Familien und Freunden spendete den Menschen dort Zufriedenheit, Geborgenheit und innere Wärme. Natürlich war auch hier nicht alles perfekt. Aber da Perfektion sowieso in allen Bereichen des Lebens für sie keine große Rolle spielte, sah man einfach darüber hinweg und entspannte sich stattdessen, wann immer es möglich war. Das gegenseitige Vertrauen spürte auch der dritte Bruder, der, wie selbstverständlich, in diese Gemeinschaft aufgenommen wurde und nach einem Jahr nur schwer wieder von den neuen Freunden Abschied nahm.

So trafen sich nach Ablauf des weiteren Jahres die Brüder wiederum auf ihrem Hof. Der Erste kam in Begleitung eines Dieners und vier Wachmännern, die ihn und seine Habe beschützen sollten. Er war in feines Tuch gekleidet, was ebenfalls seinen außerordentlichen Erfolg im Handel zeigte. Er war sich sicher, dass ihm die Prinzessin zugesprochen wurde, denn sein Schatz war der größte. Hatte er doch neben edlen Seidenstoffen als Geschenk eine große Kiste mit Münzen auf seinem Wagen. Mit einem erstaunten Gesichtsausdruck schaute er sich auf dem kleinen Hof um, als ob er sich gar nicht mehr vorstellen konnte, wie seine Familie früher hier gelebt hatte. Mittlerweile waren für ihn Bequemlichkeit und Luxus selbstverständlich geworden, so dass er sich in der ärmlichen Hütte nicht mehr so recht wohlfühlte.

Als der zweite Bruder die Hütte betrat, kam sie auch ihm wesentlich kleiner vor als noch vor einem Jahr. Er hatte seine wichtigsten und liebsten Bücher mitgebracht, von denen er sich nicht trennen mochte und schaute sich um, nicht wissend, wo er sie abstellen sollte. Dafür war kein Platz vorhanden. Da er seinen Schatz nicht so ohne weiteres in eine Ecke legen wollte, stapelte er die Bücher zunächst vorsichtig auf dem Tisch, wo sie dennoch fast die gesamte Fläche einnahmen. Mit liebevollem Blick betrachtete er seine Bücher, denn er war sich sicher, dass Wissen der größte Schatz sei, den Menschen erwerben konnten und träumte davon, die Prinzessin als Braut sein eigen nennen zu können. Auch der dritte Bruder freute sich, wieder Zuhause zu sein und seine Brüder zu sehen. Obwohl nur ein Jahr vergangen war, schienen sie ihm doch sehr verändert und er frage sich im Stillen, ob auch er sich in irgendeiner Form gewandelt hatte. Denn heimlich träumte auch er davon, die Prinzessin zu heiraten. Mit den Kerzen, die er von seiner Reise mitgebracht hatte, dem Entfachen eines Feuers und einer warmen Mahlzeit versuchte er, das Wiedersehen der Brüder angenehm zu gestalten, so dass alle Brüder noch lange zusammensaßen und erzählten.

Am folgenden Tag gingen die drei Brüder wieder zum Schloss, trafen auf einige andere jungen Männer, die ebenfalls zurückgekehrt waren und nun auch ihren Schatz dem König vorstellen wollten. Die drei Brüder traten gemeinsam vor den König und die Königin, wo sie von ihrem Bemühen berichteten, den jeweiligen Schatz zu vermehren. Erwartungsvoll blickten alle drei auf das Herrscherpaar, die interessiert ihren Ausführungen gelauscht hatten. Am Ende zogen sich König und Königin zu einer längeren Beratung zurück. Die Schätze erschienen ihnen immer noch nicht vergleichbar mit ihrem eigenen Schatz, der liebreizenden Prinzessin. Jedoch gab der König jetzt sein königliches Versprechen und verkündete, dass er denjenigen mit seinem größten Schatz vermählen würde, der ihm einen ebenso großen Schatz binnen eines weiteren Jahres vorlege. Nur wenige junge Männer waren bereit sich auf das Versprechen des Königs einzulassen, die meisten von ihnen kehrten nach Hause zurück. Die drei Brüder jedoch ließen sich auch diesmal nicht entmutigen und zogen erneut aus um ihren Schatz zu vergrößern und nach einem weiteren Jahr die Prinzessin heiraten zu können.

Mittlerweile besaß der erste Bruder ein Kontor am Hafen mit einem eigenen Anleger für Schiffe und dem Handel mit

Übersee, den er weiterhin dank einiger Monopole sehr erfolgreich betrieb. Er erwarb günstige Grundstücke im nahgelegenen Städtchen, auf denen er mehrere Häuser errichtete, die er an Handwerker und kleine Kaufleute vermietete. Sein Reichtum vermehrte sich stetig. Deshalb konnte er auch bald einen großen Landsitz mit ausgedehnten Ländereien sein Eigen nennen, zu denen große Wälder und sogar einige größere Gutsbetriebe gehörten. In Gedanken an die Prinzessin arbeitete er Tag und Nacht an der Vermehrung seines Schatzes, den er ihr zu Füßen legen wollte.

Der zweite Bruder gelangte in ein Städtchen, das eine bereits vor Generationen gegründete berühmte Universität beherbergte. Sie lag inmitten von Häusern, die um sie herum entstanden waren und bildete sowohl die Mitte des Ortes als auch das Zentrum der geistigen Elite des Landes. Berühmte Gelehrte aus nah und fern wurden von dieser alt ehrwürdigen Universität angezogen und hielten dort ihre Vorlesungen, auf das ihr Wissen auf fruchtbaren Boden fiel. Mit ihrer ebenso berühmten Bibliothek, die sich hinter den alten Mauern verbarg, war sie weithin über das ganze Land für ihre bedeutende Forschung und Lehre bekannt. Der zweite Bruder hatte das Glück, bei einem der Gelehrten seine begonnenen Studien fortsetzten zu können und sein Wissen auf vielen Gebieten zu erweitern. Immer wieder wurde was Neues entdeckt, gab es etwas zu diskutieren oder anderes, was man erforschen oder worüber man nachdenken konnte. Er versuchte, die Zusammenhänge der Natur zu verstehen, die Welt zu ergründen und auf die großen Fragen der Menschheit eine Antwort zu finden. Das Wissen selbst schien unerschöpflich und so verging das Jahr wie im Fluge. Da das Städtchen nicht weit entfernt war von seinem ursprünglichen Zuhause benötigte der zweite Bruder für seine Rückreise nur wenige Tage.

Mit großen Schritten hatte auch der dritte Bruder vor einem Jahr den Königspalast verlassen und war in weite Ferne gewandert, bis er nach vielen Wochen ein gewaltiges Gebirgsmassiv erreichte, dessen schneebedeckte Wipfel, so schien es, den Himmel berührten. An seiner Südseite lag ein kleines Königreich, in dem äußerst freundliche, hilfsbereite und zufrieden scheinende Menschen lebten. Vor nicht allzu langer Zeit hatte der König selbst das Glücklichsein seiner Untertanen zum erklärten Staatsziel ausgerufen. Und obwohl das dortige Leben der Menschen überwiegend schlicht und einfach war, schien dieses Ziel in vielerlei Hinsicht erreicht. Die Einwohner übten sich beständig darin, achtsam in der Gegenwart zu leben und das Leben selbst und jeden Augenblick anzunehmen, wie er war. Neugierig geworden auf die besondere Lebenshaltung entschied sich der dritte Bruder, einige Monate dort zu verbringen, um von den Menschen zu lernen. Dabei machte er die Erfahrung, dass es viele sehr wertvolle Dinge im Leben gab, die mit Geld nicht zu kaufen waren. Ihm wurde bewusst, dass es ein universelles Gesetz gab, das besagte, dass sich alles ständig im Wandel befand, dass nichts blieb, wie es war und so wurde das Erlangen eines inneren Gleichgewichtes durch Gelassenheit ein unbezahlbarer Schatz für den dritten Bruder, den ihm keiner mehr nehmen konnte. Nach Ablauf eines Jahres fühlte er sich reich beschenkt, bedankte sich von ganzem Herzen und trat seine Heimreise an.

Nachdem die drei Brüder zurückgekehrt waren, saßen sie am Abend zusammen, um sich die Erlebnisse des letzten Jahres zu berichten. Nun, so waren sich alle einig, musste der König sein Versprechen halten und die Hand der Prinzessin vergeben. Nur wem? Noch nie vorher hatten sie sich Gedanken darüber gemacht, dass nur einer die Prinzessin zur Frau nehmen konnte. Und so versprachen sie sich, dass, sollte es einer von ihnen sein, die beiden anderen mit ihrem jeweiligen Schatz zufrieden sein und dem Sieger sein Glück mit der Prinzessin gönnen wollten.

Am nächsten Morgen gingen sie wiederum gemeinsam zum Schloss. Sie schauten sich um und stellten fest, dass von allen, die vor drei Jahren ausgezogen waren den größten Schatz zu finden, nur noch sie drei übrig waren. Alle anderen hatten ihre Suche entweder abgebrochen oder aufgegeben oder ihren Schatz bereits gefunden und eine andere Frau geheiratet, mit der sie glücklich waren. Sie traten in die große Halle vor das Königspaar und erzählten von ihrer Suche. Der König und die Königin bewunderten die jeweiligen Schätze der drei Brüder: den Schatz des Reichtums des ersten Bruders, der eine sichere

Zukunft versprach, indem er ermöglichte alles zu kaufen, was man sich nur wünschte; den Schatz des Wissens des zweiten Bruders, der eine Zukunft in Sicherheit möglich machte, weil in jeder Situation das Finden einer Lösung denkbar war und den Schatz der Zufriedenheit und des Glückes des dritten Bruders, dessen Sicherheit darin bestand, dass er auch in Zukunft wenig benötigte, um zufrieden und glücklich zu sein. Nur - was war der größte Schatz? Der König ließ nach der Prinzessin rufen, auf dass sie zu einer Lösung beitragen mochte.

Den Wert eines Schatzes zu bestimmen war eine äußerst schwierige Angelegenheit, weshalb der König aus diesem ganz besonderen Anlass eine ganz besondere Waage hatte herbeischaffen lassen. Mit ihr ließen sich ganz unterschiedliche persönliche Werte gegeneinander abwiegen. Die Waage war so groß, dass jede Waagschale bequem Platz für eine erwachsene Person bot. Und so nahm die Prinzessin anmutig in einer Waagschale Platz, der erste Bruder in der anderen. Und siehe da, nach kurzer Zeit bereits stellte sich ein Gleichgewicht ein. Der erste Bruder war sehr froh über das Ergebnis und überließ erleichtert seinen Platz dem zweiten Bruder. Die Waage benötigte wiederum eine kurze Zeit bevor sich auch diesmal wieder ein Gleichgewicht einstellte. Der König und die Königin schauten sich an und dann erwartungsvoll zum dritten Bruder, der nun mit dem zweiten Bruder die Waagschale tauschte. Und auch hier schlug die Waage nach wenigen Minuten in keine

Richtung mehr aus und blieb in der Mitte stehen. Das war so ungewöhnlich, dass nun der König die Waage überprüfen ließ, um einen Fehler auszuschließen. Aber bei einer erneuten Abwägung lieferte die Waage das gleiche Ergebnis.

Beeindruckt von den Erfahrungen der Brüder und dem Ergebnis der Waage befand das Königspaar alle Schätze für äußerst wertvoll, aber eine Entscheidung konnten - oder wollten sie vielleicht auch nicht *für* ihre Tochter fällen und überließen ihr die Entscheidung. Nachdem die Prinzessin die Schätze der Brüder kannte, schaute sie jedem noch einmal tief in die Augen, schloss ihre für eine Weile und zögerte einen Moment indem sie kurz die verschiedenen Möglichkeiten untereinander abwog, öffnete ihre Augen wieder und entschied sich für den ersten Bruder. Nur bei ihm glaubte sie die Sicherheit zu haben, dass sie ihr bisheriges Leben in keinerlei Weise ändern musste. Ihr Leben sollte unbedingt genauso bleiben, wie es war.

Und die Moral von der Geschicht'?

Diese Sicherheit gibt es nicht!

Die Emotionsesser

Seit vielen Jahrhunderten bereits lebte auf der Erde eine Spezies, die von allen Forschern unterschiedlichster Wissenschaften unentdeckt geblieben war. Dennoch lebte diese außergewöhnliche Spezies in direktem, sogar sehr engem Kontakt mit den Menschen, denn sie benötigte die Menschen, um zu überleben. Ihre Nahrung war überaus außergewöhnlich, denn diese Spezies ernährte sich ausschließlich von den Gefühlen der Menschen und bezeichnete sich daher selbst als Emotionsesser, kurz Émotess. Die Émotess waren kleine, possierliche Wesen von länglicher Gestalt und flauschigem Äußeren aufgrund der weichen Behaarung am ganzen Körper. Auffällig waren der vergleichsweise große Mund und der stets hungrige Blick in ihren großen runden Augen. Die für ihr Überleben aber wichtigste Eigenschaft war, dass sie für die Menschen unsichtbar waren.

Ursprünglich lebten die Émotess auf einer kleinen, einsam gelegenen Insel im weiten Ozean, auf der nur wenige Menschen in kleinen Dörfern abgeschieden von der Zivilisation ein hartes Dasein fristeten. Die langen Tage der Menschen auf dieser Insel glichen sich wie ein Ei dem anderen: Aufstehen bei Sonnenaufgang, verrichten der alltäglichen Aufgaben auf dem Feld, im Haus, beim Fischfang oder der Jagd und sich zur Ruhe begeben bei Sonnenuntergang. Auch die Kinder wurden früh, wo immer es möglich war, in diesen schlichten Rhythmus eingebunden. So monoton wie der Alltag waren auch die

Gefühle der Menschen, für große Emotionen blieb weder Zeit noch Raum. Aus diesem Grund versuchten die Émotess bei jeder Gelegenheit, sich zumindest einen kleinen Vorrat an Emotionen anzulegen, von dem sie zehren konnten, sollten sie gar zu hungrig werden. Wenn überhaupt ein Gefühl bei den Menschen vorherrschte, so war es eine schlichte Form von Dankbarkeit, dass nichts Ungewöhnliches geschehen und der Tag überstanden war. Auf dieser weit abgelegenen Insel fristeten deshalb auch die Émotess ein freudloses Dasein, denn Dankbarkeit war ein stilles Gefühl, das deshalb für sie auch nur wenig schmack- und nahrhaft war. Die Émotess waren denn auch froh über jede noch so winzige Streitigkeit, die - leider nur zu selten - unter den Inselbewohnern ausbrach, denn sie brachte etwas Würze in ihre fade Ernährung. Angst zum Beispiel, die eine heftige Geschmacksenergie entfachen konnte, kannten die Inselbewohner nicht, da sie sich in keiner Weise bedroht fühlten. Und so gab es für die Émotess nur selten eine Abwechslung vom ewigen Einerlei auf ihrer Speisekarte.

Einmal im Jahr jedoch unterbrach eine kurze Regenzeit auf der Insel die Eintönigkeit des Alltags der Menschen und brachte eine willkommene Unterbrechung der täglichen Routine. Sobald die ersten dunklen turmhohen Wolken am Himmel aufzogen, kamen alle Bewohner der Insel auf einer Wiese am Rande des größten Dorfes zusammen um ein Fest zu feiern und damit ein neues Jahr einzuläuten. Der Fußmarsch ließ die Vorfreude langsam ansteigen Freunde und Verwandte zu treffen, die man lange nicht gesehen hatte. Nach der Begrüßung wurden Neuigkeiten ausgetauscht, alte Geschichten wieder erinnert, geborene Kinder willkommen geheißen, Verstorbene betrauert. Nach und nach ergriff eine allgemeine Fröhlichkeit die Inselbewohner und bestimmte zunehmend das Geschehen. Dazu trugen die Menschen alles herbei was ihre Vorratskammern noch hergaben und gemeinsam wurde gekocht und gebacken, gesungen und getanzt. Sobald dann der Regen vom Himmel prasselte fand die Ausgelassenheit ihren Höhepunkt, indem die Tänze und Gesänge im Regen fortgeführt wurden. Drei Tage und drei Nächte lang dauerte das Spektakel, bis es Zeit wurde, sich voneinander zu verabschieden um den gewohnten Alltag wieder aufzunehmen.

Für die Émotess war dieses Fest die Gelegenheit, sich einmal im Jahr endlich satt zu essen. Es war die beste Gelegenheit, eine bunte Mischung von unterschiedlichen Gefühlen zu schmecken und auch ganz neue Mischungen zu entdecken. Da dann endlich einmal der Tisch der Émotess reichhaltig gedeckt war, übertrieben es einige beim Essen leicht, so dass ihr Aussehen anschließend einer runden, flauschigen Kugel glich. Doch auf Dauer war den Émotess das Warten auf das eine freudige Fest im Jahr zu lang. Immerhin blieben sie mit der bisherigen Überlebensstrategie soweit bei Kräften, dass einige, als ein unbekanntes Segelschiff eines Tages in Küstennähe ankerte, genügend Energie hatten und ihre Chance ergriffen. Sie schwammen durch das warme Wasser, kletterten die Ankerkette hinauf und schlichen heimlich an Bord. Als unsichtbare blinde Passagiere blieben sie dennoch vorsichtig und versteckten sich tief unten im Laderaum. Nur äußerst wachsam wagten sie sich eines Tages vorsichtig heraus in der Hoffnung ihre hungrigen Mägen mit den Emotionen der Besatzung zu füllen.

Die Fahrt dauerte lange Monate. Aber schnell erkannten die Émotess, dass ihre Entscheidung, sich in ein unbekanntes Abenteuer zu stürzen, richtig gewesen war. Ihr Mut wurde belohnt. Unter den Seemännern herrschte an Bord ein rauer Umgangston. Je nach Wetter- und Stimmungslage wurde geflucht, geschimpft und gesungen, gerauft und getrunken. Die Stimmung konnte schnell umschlagen, vom ruppigen gereizten Umgang miteinander, der einen heftigen Streit vom Zaun brechen konnte, bis zur zeitweiligen Verbrüderung der Matrosen unter dem gemeinsamen Ziel, das Schiff sicher in den Hafen zu bringen. Ein zähflüssiger Cocktail ganz unterschiedlicher Gefühle waberte ständig über das Deck und bildete ein Festessen, wie es die Émotess noch nie erlebt hatten. Wind und Wellen bauschten die Segel und trieben das Schiff in Richtung Land hin zu einem geschäftigen Hafen, welcher das Ziel der Reise war. Als das Schiff dort anlegte sollte es von Grund auf überholt werden, bevor es wieder auf große Fahrt ging. Die Émotess aber, auf neue Abenteuer und Gefühle gespannt, nutzten erneut die Gelegenheit und gingen von Bord.

Im Hafen wimmelte es von Menschen aus aller Herren Länder. Den Émotess war nicht bewusst, dass es so viele Menschen gab. Neugierig schauten sie sich um. Zahlreiche Schiffe ganz unterschiedlicher Bauart und Herkunft waren im Hafen bereits angelangt, andere wiederum zum Ablegen bereit. Seeleute, Hafenarbeiter, Händler, Handwerker, Mägde und eine Vielzahl von Besuchern und Schaulustigen verschmolzen zu einem bunten Treiben.

Für die Émotess waren die Lebensbedingungen dort ideal und sie vermehrten sich sprunghaft, denn das Leben der Menschen war abwechslungsreich, unterschiedliche Gefühle allgegenwärtig. Und es waren so viele, dass die Émotess kaum wussten, wo sie anfangen sollten zu essen. Für sie war es, als ob sie sich im oft beschriebenen Schlaraffenland befänden und sie gediehen prächtig. Überall schwebten Gefühle in der Luft. Sie brauchten also nur ihren großen Mund zu öffnen und sie einzufangen. Wahllos stopften die Émotess alles in sich herein, dessen sie habhaft werden konnten. Nicht wenigen wurde wegen der Menge übel, aber die Erfahrung der vorherigen Hungerjahre ließ sie stetig weiter essen.

Mit der Zeit verbreiteten sich die Émotess vom Hafen aus über die Stadt weiter ins ganze Land. Die enorme Zunahme der Émotess an Körperumfang und Zahl ließ letztlich die umherschwirrenden Gefühle weniger werden, so dass sich die Émotess schließlich Gedanken machen mussten, wie sie bei den

Menschen einen ständigen Strom neuer Gefühle herbeiführen konnten, um sich weiterhin so ausreichend und abwechslungsreich zu ernähren. Daraufhin wurde eine große Versammlung aller Émotess einberufen, auf der es nur darum ging, für diese Frage eine dauerhafte Lösung zu finden. Noch satt und träge war es für viele Émotess gar nicht mehr vorstellbar, wie sie früher auf der Insel gelebt hatten. Wie hatten sie sich nur mit so wenig zufriedengeben können?

Diese große Versammlung dauerte bereits eine ganze Weile, als sich eine kecke Stimme aus den hinteren Reihen erhob von einem Émotess, das schon immer ein wenig vorlauter war, als die anderen. Erwartungsvoll drehten sich die anderen in seine Richtung in der Hoffnung, dass es endlich ein Ergebnis der Versammlung brachte. Das Èmotess berichtete von einer interessanten Beobachtung. Häufig sei ihm aufgefallen, dass alles, was die Menschen besäßen, in der Regel angenehme Gefühle wie Freude, Befriedigung und Stolz bei ihnen auslösten. Es war, als ob die Menschen sich durch ihren Besitz mit diesen guten Gefühlen immer wieder belohnen wollten. Und diese Gefühle waren letztlich für alle Émotess äußerst wohlschmeckend. Andererseits würden Gedanken der Menschen, ihren Besitz wieder zu verlieren, eher von unangenehmen, schwer verdaulichen Gefühlen wie Sorgen, Angst, Wut oder Trauer begleitet. Dazwischen läge noch eine breite und bunte Palette an weiteren Gefühlen wie Neid, Ekel, Scham, Schuld oder Ärger, die in unterschiedlicher

Konzentration als weitere Zutaten die Nahrung der Émotess verfeinern konnten. Aber das sei ja bekanntlich Geschmackssache. Andächtig lauschte die große Versammlung.

Aufgrund dieser Beobachtung unterbreitete das Émotess den Vorschlag, ob es nicht möglich sei, die Menschen glauben zu machen, dass sie auch etwas anderes haben, gleichsam besitzen könnten, was ebenfalls gute Gefühle bei ihnen auslösen würde. Das Andere dürften aber keine materiellen Dinge sein, die man kaufen könne, das wäre auf Dauer kaum machbar. Sondern es müsste etwas sein, von dem die Menschen nur glaubten, dass sie es *besitzen* könnten - was in Wirklichkeit natürlich vollkommen undenkbar war, wie die Émotess wussten - wie zum Beispiel Glück oder gar Zeit. Das könnte ungeahnte Möglichkeiten eröffnen, denn die daraus entstehenden Gefühle würden niemals enden.

Stille. Alle Émotess waren dabei, den ungewöhnlichen aber durchaus interessanten Vorschlag zu durchdenken und ihn sich anschließend genüsslich auf der Zunge zergehen zu lassen. Welch ein Geniestreich! Aber waren die Menschen einfältig genug, das wirklich zu glauben? Und auf welchem Wege ließ sich dieser Gedanke in die Realität umsetzen? Plötzlich redeten alle durcheinander. Jedes hatte eine eigene Idee. Letztlich aber schien sich eine einfache aber geniale Lösung abzuzeichnen: Man könne doch versuchen, es durch die Sprache auszudrücken und behaupten, dass man Glück oder Zeit *haben* könne. Nach einer erneuten kurzen Pause brach ein unbeschreiblicher Jubel aus. Das Problem der Émotess schien für alle Zeit gelöst. Diese relativ kleine, scheinbar unwichtige Änderung in der Sprache bedeutete einen unerschöpflichen Nachschub an allen möglichen Gefühlen. Frohen Mutes begannen die Émotess diese Idee in die Tat umzusetzen. Wo immer es möglich war mischten sie sich unbemerkt unter die Menschen und pflanzten Sätze wie *Ich habe kein Glück* und *Ich habe keine Zeit* in die Köpfe der Menschen um die Menschen zu motivieren, diese Mängel abzustellen. Und da die Menschen niemals genügend Glück oder Zeit zu haben schienen, waren sie ständig bestrebt, immer mehr zu erlangen, um endlich wieder gute Gefühle zu verspüren. Ein Fass ohne Boden, das den Émotess sehr gefiel. *Sie* waren glücklich, satt und zufrieden. Es war unerschöpflich. Die Vorstellung der Menschen von Besitz ließ deren Gefühle sprießen, wachsen und gedeihen.

So wie die Émotess selbst von den Menschen unbemerkt blieben, blieb auch diese Änderung in der Sprache unbemerkt. Für die Menschen war diese Formulierungen *Ich habe keine Zeit* oder *Ich habe kein Glück* zur Gewohnheit geworden, ohne dass sie weiter darüber nachdachten. Ein Widerstand der Menschen gegen diese Formulierungen war nicht spürbar, das stetige Bestreben Glück oder Zeit zu haben, allgegenwärtig. Die Menschen fühlten sich durch ihre vielen unterschiedlichen Gefühle lebendig, da sie die Anwesenheit der Gefühle ja deutlich in ihrem Körper spüren konnten. Ein Hinterfragen der

Emotionen oder eine Gefühlskontrolle der Menschen, gleich welcher Art, schien überflüssig. Da jedoch jedes Gefühl aus Sicht der Menschen irgendwann wie von Zauberhand verflog und nur eine Erinnerung an das Gefühl daran zurückblieb, wurden in unbegrenzter Zahl weitere Emotionen produziert. Für die Émotess war es das Paradies auf Erden. So einfach hatten sie es sich gar nicht vorgestellt. Ihr Überleben schien gesichert und so verbreiteten die Émotess sich über alle Grenzen hinweg auf der ganzen Welt.

Dabei bemerkten die Menschen nicht, wie sehr sie dieser Zustand auf Dauer erschöpfte, wie sehr ihre Energiereserven allmählich abnahmen. Lange Zeit war doch die Jagd nach Besitz, um angenehme Gefühle zu haben und unangenehme zu vermeiden, Ansporn der Menschen, um gut durch das Leben zu kommen. Dieser Weg jedoch führte in eine Spirale, aus der die Menschen keinen Ausweg mehr fanden. Stattdessen fühlten sie sich immer häufiger müde und erschöpft, ausgelaugt und überfordert, resigniert und antriebslos, leer. Weil es den Menschen immer schlechter ging, sie immer weniger Energie für ihren Alltag hatten und sich immer schwerer durch ihr Leben lebten, suchten sie überall nach einer Lösung für ihr Problem, wurden aber nirgends fündig. Ihre Emotionen veränderten sich, wurden trübe und schwer. Da sie nichts von den Émotess wussten, war es ihnen unmöglich, diese direkt zu bekämpfen und so konnten die Menschen ihre Situation nicht verändern. Aber bei emotional leeren Menschen gingen auch den Émotess sozusagen die Grundnahrungsmittel aus, ohne dass ihnen eine weitere zündende Idee kam, wie sie diese Krise in ihrem Sinne lösen könnten. Mussten sie etwa wieder hungern? Der erste, leichte Ansatz einer Taille bei den Émotess wurde bereits sichtbar.

Aber hatten sich die Émotess wirklich auf der ganzen Welt verbreitet? Bei genauerem Hinsehen ließ sich das nur mit einer, allerdings sehr kleinen, Einschränkung behaupten. Denn ganz, ganz weit im Osten, auf einer anderen Insel lebten Menschen, bei denen es den Émotess bislang nicht gelungen war, über die Sprache die Gedanken und dadurch die Gefühle zu steuern, so sehr sie es auch versuchten. Wie war das nur möglich? Alle gewohnten Versuche um verschiedene Gefühle bei den Menschen der fernen Insel zu erzeugen, waren dort bislang fehlgeschlagen. Den Émotess war es einfach unbegreiflich. Auf den ersten Blick unterschied sich das Leben der Menschen auf der fernen Insel nicht von allen anderen. Welches Geheimnis erlaubte es den Menschen hier, gelassen auf die unterschiedlichsten Situationen zu reagieren? Für die Émotess war es überhaupt nicht nachvollziehbar, dass es Menschen geben könnte die versuchten, nicht möglichst viele Emotionen zu erzeugen, sondern die im Gegenteil versuchten die Emotionen stattdessen so gering wie möglich zu halten. Wie sollten sich die Émotess hier ernähren? Immer wieder versuchten diese ihre alten Strategien anzubringen, aber, wie diese Inselbewohner wussten, war Besitz flüchtig und kein Wert an sich. Deshalb hatte hier das Wort *haben* nicht die große Bedeutung, die es sonst entfaltete und die Gefühle in diesem Zusammenhang hatten keine langfristige Lebensdauer. Schnellstmöglich verließen die Émotess diese für sie sehr ungastliche Insel und hüteten das Geheimnis streng.

Aber jedes Geheimnis fand irgendwann ein winziges Schlupfloch, durch das es sich unbemerkt in die Freiheit schlich und wohlwollende Aufnahme fand. Denn in ihrer Not schauten die emotional ausgebluteten Menschen über ihren Tellerrand und irgendwer wusste es von jemandem, der es wiederum über einige Ecken gehört hatte, dass scheinbar irgendwo auf der Welt Menschen leben sollten, die eine besondere Art von Immunität gegen extreme Emotionen erlangt hätten und daher nicht unter einem Über- oder Untermaß an Gefühlen litten. Da kratzte eine kleine Gruppe ihre restlichen Energiereserven zusammen und startete eine Expedition, um diese sagenhaften Menschen zu finden und ihr Geheimnis zu ergründen. Und eines Tages gelangten die Expedition auch auf die gesuchte Insel im Osten. Seit Jahrhunderten galt auf dieser fernen Insel als allgemeines Gedankengut, dass jedes Gefühl untrennbar war von Gedanken, Entscheidungen und Handlungen. Die Menschen auf der Insel waren sich dieser grundlegenden Tatsache bewusst und versuchten daher, den Einfluss eines Gefühls auf die damit verbundenen Gedanken, Entscheidungen und Handlungen - und umgekehrt - möglichst gering zu halten. Ihr Ziel war es, nicht zu viel überschüssige Energie durch Gefühle zu produzieren und zu verlieren, damit genügend Energie für das Leben an sich bereitstand. Aus diesem Grund führten die Inselmenschen ihr Leben sehr bewusst. Insgesamt waren sie eher genügsam in ihrer Lebensgestaltung: mehr Besitz war für sie kein Kriterium für ein besseres oder gar wertvolleres Leben, möglichst extreme Gefühle waren kein Kriterium dafür, dass es ihnen grundsätzlich gut oder schlecht ging, denn *gut* und *schlecht* waren Bewertungen, also Gedanken. Zeit wurde nur als flüchtiger Augenblick wahrgenommen, der jeweils von nächsten abgelöst wurde und Erfolg als relativ und deshalb letztlich ohne Belang. Das Vorhandensein von Glück und Zeit war also in entschiedenem Maße abhängig von ihrer Haltung. Und in der Regel waren sie zufrieden. Denn sie bemühten sich stets darum alles so anzunehmen, wie es im Moment gerade war, um dann in Ruhe zu schauen, wie und wohin es sich entwickelte und was im Einzelnen dazu notwendig war. Alle Inselbewohner versuchten daher Verstand und Gefühl immer wieder neu in eine gute Balance zu bringen um handlungsfähig zu sein und zu bleiben.

Die Menschen der Insel hatten alles, was sie zum Leben benötigten in ausreichendem Maße. Das genügte ihnen. Der Bewertungsmodus, in welchem alle anderen Menschen dachten, war hier nicht aktiviert. Im Gegenteil. Die Menschen übten sich beständig darin, eigene Bewertungen und Bewertungsmuster sowie die damit verbundenen Gefühle zu erkennen und diese möglichst gelassen zu betrachten. Und auszuhalten. Und mit allen Sinnen ihren Atem zu folgen. Und nichts weiter. Und dann wurden Gefühle erst langsam, dann stetig weniger, fielen manchmal sogar geradezu in sich zusammen.

Das vollständig andersartige Denken und Handeln der Menschen der fernen Insel jedoch war den Expeditionsteilnehmern äußerst ungewohnt und fremd. Aber war nicht immer das Erkunden des Fremden ein Ziel jeder Expedition, einer Suche nach dem Unbekannten? Langsam aber trauten sie sich und schauten genauer hin. Der Einfluss von eigenen Gedanken auf die eigenen Gefühle war ein Quell stetigen Erstaunens. Sie beobachteten, fragten, lernten und übten. Obwohl das Üben von neuem Denken und neuem Verhalten anstrengend war fühlten sich die Expeditionsteilnehmer von Tag zu Tag besser und stärker. Das Unbekannte wurde vertraut und gelangte allmählich über den Bereich der Gewohnheit dorthin, was bereits als Routine bezeichnet werden konnte. Und eines Tages verabschiedeten sich die Teilnehmer - einige allerdings trotzdem schweren Herzens - von Besitz im Überfluss sowie von der Vorstellung, dass *Haben* wichtiger sei als *Sein* und entschieden sich für eine Lebensart, wie sie sie auf der fernen Insel kennengelernt hatten.

Nach der Rückkehr in ihre Heimat berichteten die Expeditionsteilnehmer von ihren interessanten Erlebnissen und der vollkommen anderen Bewertung von Besitz auf der Insel. Ihr stetiges Vorbild, nach den neuen Ideen zu leben, brachte immer mehr Menschen dazu, diesen zu folgen. Die Formel `weniger Haben mehr Sein´ stand zwar in krassem Gegensatz zum bisherigen Lebensmotto der Menschen, dennoch spürten sie ja schon seit langem die Notwendigkeit einer Veränderung, die sich nach einiger Zeit des Übens auch einstellte. Daraufhin fanden zunehmend Gelassenheit, Zufriedenheit und Dankbarkeit Einlass in ihren Alltag. Für die Émotess blieb nichts Verwertbares mehr übrig, denn dies waren wiederum nur stille Gefühle, die ihnen nicht schmeckten und für ihr Überleben nicht ausreichten. Ihre Leibesfülle schmolz dahin, sie wurden weniger und weniger, bis ihre Substanzlosigkeit ihrer Unsichtbarkeit glich. Eingeschnappt zog sich der letzte winzige Rest von den Menschen zurück und wartete verborgen auf eine neue Chance. Und wenn sie nicht gestorben sind, dann warten sie noch heute.

Der Wunschbrunnen

Die guten, alten Zeiten in denen das Wünschen noch geholfen hatte, waren schon lange vorbei. Niemand wusste, wie diese für alle sehr angenehme und bequeme Eigenschaft verloren gehen konnte. Aber seitdem waren die Menschen zu ihrem großen Leidwesen gezwungen im Schweiße ihres Angesichts mit eigenen Händen zu erarbeiten, was sie zum Leben Notwendiges brauchten und ebenso alles andere, was sie darüber hinaus gerne hätten. Und da es bereits äußerst schwierig war das Notwendigste an Nahrung und Kleidung zu erwirtschaften, blieb kaum etwas an Zeit, Kraft und Möglichkeiten übrig, um noch mehr zu schaffen. Aber, da die Erfüllung von Wünschen ohnehin nur ein frommer Wunsch blieb, kannten es die Menschen gar nicht mehr anders. Nur uralte Geschichten erzählten von längst vergangenen glücklicheren Zeiten. Und eine der Geschichten lautete wie folgt:

Von einer ehemaligen Klosteranlage war nur noch eine moosbedeckte, fast verfallene Ruine übriggeblieben. Wenige Reste von Fundamenten zeigten noch auf, wo sich der Kreuzgang und ein etwas größeres Gebäude befunden hatte. Ob es die Grundmauern einer ehemaligen Kapelle waren oder eine andere Nutzung hatte, ließ sich nicht mehr feststellen. Bauern der Umgebung hatten mit der Zeit die Steine der einst ehrwürdigen Mauern benutzt, um eigene Häuser zu errichten. Ursprünglich befand sich das ehemalige Kloster am Rande eines dichten Waldes, genau an der Stelle, wo die Bäume erst in

Buschwerk und dann allmählich in Wiesen übergingen. Das Gelände hatte sich der Wald über die Jahre weitgehend zurückerobert, indem sich Büsche und Bäume wieder ausgesät hatten und mittlerweile zu einem ansehnlichen Grün herangewachsen waren.

Man erzählte sich von einer ehemals dort lebenden Gemeinschaft mildtätiger Schwestern, die bereits vor langer Zeit das Kloster aufgegeben und sich an andere Orte in alle Himmelsrichtungen verstreut hatten, um dort ihr gutes Werk fortzuführen. Aus alten Geschichten war bekannt, dass zum damaligen Kloster ein großer Gemüsegarten, eine Wiese mit alten Obstbäumen sowie Ställe für Hühner und ein paar Ziegen gehört hatten. Weithin bekannt jedoch war das Kloster für seinen einzigartigen Kräutergarten, in dem die mildtätigen Schwestern besondere heilkräftige Pflanzen aus vielen Ländern zogen. Ihr Wissen um die Heilkraft und Anwendung der Pflanzen war weithin bekannt. Die Schwestern stellten aus ihnen verschiedene Tinkturen her und mischten die Kräuter zu Tees, Salben und anderen Arzneimitteln.

Einzig der steinerne Brunnen, der in besseren Zeiten den Mittelpunkt des Klosters gebildet hatte, war noch in seinem ursprünglichen Zustand vorhanden und stand auf einer Lichtung. Es wurde gemunkelt, dass sich in Zusammenhang mit ihm gar wundersame Dinge ereignet hatten. Es ging die Mär, dass, wenn man einen Wunsch hatte, man mit etwas Abstand und geschlossenen Augen, den Rücken zum Brunnen gewandt, diesen Wunsch leise in den Wind flüstern musste. Dazu wurde, eine kleine Münze in der linken Hand haltend, diese über die rechte Schulter in den Brunnen geworfen. Traf die Münze den Brunnenschacht, ging der heimliche Wunsch in Erfüllung. Die Frage, wie genau der Brunnen die Wünsche erfüllte blieb ebenso geheimnisvoll wie die, woran der Brunnen erkannte, wenn jemand einen zweiten Versuch für einen Wunsch starten wollte oder gar mehrere Wünsche hatte. Denn, dass diese vom Brunnen erfüllt wurden war niemals vorgekommen.

Lange Jahre diente der Brunnen der Wasserversorgung des Klosters. Leider war er nur von geringem Durchmesser und sehr tief, so dass es äußerst mühselig war, den Eimer an dem langen Seil, das über eine Halterung über dem Brunnen befestigt war, hinunterzulassen und, mit Wasser gefüllt, wieder hinauf zu bringen. Das erfrischende und belebende Wasser machte es dennoch zu einem kostbaren Gut, ohne dass das Klosterleben nicht möglich gewesen wäre. Selbst bei größter Hitze blieb es frisch und labte die Schwestern sowie durstige Reisende und die Tiere und ermöglichte ebenso das Wachstum der Pflanzen im Klostergarten. Die Tiefe des Brunnens führte dazu, dass er im Winter nicht vereiste, so dass jederzeit gewährleistet war, das lebensnotwendige Wasser zu schöpfen. Die wenigen Münzen, die in früherer Zeit ihren Weg in den Brunnen fanden, veränderten dabei die Wasserqualität nicht. Denn ab und zu kamen Menschen zum Kloster, um insbesondere in schweren Stunden um die Erfüllung eines Wunsches zu bitten. Bei Sorgen und Nöten wünschten sie sich eine Verbesserung der Situation, sie wünschten sich eine ausreichende Ernte oder baten um Genesung und Trost. Und niemand kam jemals vergebens zum Brunnen. Für alle hatten auch die Schwestern ein offenes Ohr. Liebevoll kümmerten sie sich um jeden, der sich ihnen anvertraute. Stets standen sie mit hilfreichen Worten und Taten zur Seite und nahmen Anteil, wo es nötig war. Aber auch Stille und Geruhsamkeit war, wenn notwendig, im Kloster zu finden. Die Besucher blieben oft eine Weile dort und gingen dann gestärkt voll Mut und Tatendrang nach Hause und berichteten anderen mit Freude, wenn sich ihr Wunsch irgendwann erfüllt hatte.

Mit der Zeit hörten immer mehr Menschen vom sagenhaften Wunschbrunnen und kamen zum Kloster. Alle kamen mit der Absicht, ebenfalls eine Münze in den Brunnen zu werfen um sich einen Wunsch zu erfüllen. Das hatte Auswirkungen, insbesondere auf das ursprünglich verschlafene Dorf, das sich in der Nähe des Klosters befand und zunächst nur aus ein paar einfachen Häusern bestand. Es lebte auf - und zunehmend besser vom beständigen Zustrom der Menschen, die einen Wunsch hatten. Das Dorf lag an einem uralten Handelsweg unweit eines gemächlich dahinfließenden Flusses. An einer schmalen Stelle führte der Weg über eine Holzbrücke, die das strömende Wasser überspannte. Die Häuser des Dorfes lagen unregelmäßig verstreut auf jener Flussseite, auf der sich auch das Kloster befand. Eine flache sandige Bucht in der Nähe hatte den

Dorfbewohnern die Errichtung eines einfachen Steges ermöglicht, so dass die örtlichen Fischer dort mit ihren Booten bequem anlegen konnten. Dadurch war es jetzt aber ebenfalls möglich, dass andere Boote dort fest machten, so dass Reisende nicht nur auf dem Handels-, sondern ebenso auf dem Wasserweg bis direkt ins Dorf gelangen konnten. Jedes Schiff, das den Fluss in die eine oder andere Richtung befuhr, machte nun auf vielfachen Wunsch der Passagiere sowie der Besatzung an diesem speziellen Anleger fest um das Kloster zu besuchen. Oder genauer, den Brunnen, von dessen besonderer Fähigkeit sie bereits gehört hatten und welche sie jetzt selbst in Anspruch nehmen wollten. Dies eröffnete den Dorfbewohnern die Möglichkeit eines regen Handels.

Denn mittlerweile waren im Dorf Herbergen und einfache Gasthäuser entstanden, die Unterkünfte und Verpflegung für die vielen Fremden bereitstellten. Manches Boot musste ausgebessert, manches Pferd musste für einige Tage untergestellt oder die durch eine weite Anreise eventuell in Mitleidenschaft gezogenen Kutschen oder Karren wieder in Stand gesetzt werden. Die Bauern konnten einen guten Teil ihrer Erträge direkt an die Reisenden verkaufen. Ein reges Markttreiben gehörte schon bald wie selbstverständlich zum Alltag des Dorflebens. Auf einer nahgelegenen Wiese entstanden hölzerne Nachbauten des Brunnens an denen es möglich war, gegen Gebühr, unter Anleitung die Technik des Münzwurfes zu erlernen und zu üben. Dadurch wurde nahezu sichergestellt, dass sehr viele Münzen ihr Ziel fanden und demzufolge die entsprechenden Wünsche in Erfüllung gehen sollten. Der Wohlstand der Dorfbewohner wuchs, die Häuser nahmen an Größe zu, das Dorf erlebte eine wirtschaftliche Blütezeit und entwickelte sich prächtig.

Doch, wie häufig, fand auch hier die Veränderung schleichend statt und traf am Ende daher alle vollkommen unvorbereitet. Denn mittlerweile nahm der Zustrom der Wünschenden kaum mehr überschaubare Ausmaße an, auch der Inhalt der Wünsche veränderte sich und alles miteinander hatte Einfluss auf den Brunnen. Vielfach handelten die Wünsche nunmehr von Reichtum, Ruhm und Erfolg, die sich wie von Zauberhand einstellen sollten ohne sich darum bemühen zu müssen. Immer mehr Menschen suchten und fanden den vermeidlich bequemen Weg ihren Wunsch zu erfüllen. Denn viele Münzen fanden ihr Ziel, zu viele. Obwohl der Brunnen so tief war, dass niemand je gehört hatte, wie eine Münze auf die Wasseroberfläche traf, schien er sich zu füllen, bis es letztlich unmöglich wurde, Wasser zu schöpfen. Bereits vorher war es für die Schwestern mühsam gewesen, ausreichend Wasser für sich, die Besucher des Klosters, Tiere und Pflanzen zu bekommen, so dass einige von ihnen bereits das Kloster verlassen hatten.

Mit dem letzten Eimer, der ohne einen einzigen Tropfen Wasser hinauf- gezogen wurde, versiegte ebenfalls die Eigenschaft des Brunnens, Wünsche zu erfüllen. Zunächst wollten es die

Menschen nicht glauben und versuchten, mit mehr Münzen die Wunscherfüllung zu erzwingen. Doch vergebens. Der Brunnen konnte seiner Aufgabe nicht mehr nachkommen. Die letzte der mildtätigen Schwestern verließ das Kloster. Das Kloster verfiel zu einer Ruine. Die Dorfbewohner fühlten sich betrogen, denn auch ihr Leben veränderte sich. Ihre Einnahmen verringerten sich spürbar, denn die Besucher blieben fort. Von nun an mussten sie wieder mehr schlecht als recht vom Ertrag ihrer Höfe und Felder leben.

Natürlich hatten die Dorfbewohner im Verlauf der Zeit mit vereinten Kräften immer wieder versucht, mit langen Stangen oder anderen Hilfsmitteln die Münzen aus dem Brunnen zu fischen in der Hoffnung, er möge wieder Wasser führen und dadurch vielleicht seine wunscherfüllende Tätigkeit wieder aufnehmen. Hin und wieder gab es auch einzelne, die heimlich in dunkler Nacht versucht hatten in den Brunnenschacht zu gelangen um an die Münzen zu gelangen. Jedoch war alles bislang ohne Erfolg geblieben. Die Münzen lagen in der Tiefe, das Wasser war fort und der Brunnen erfüllte keinen einzigen Wunsch.

Viele Jahre gingen ins Land als an einem Morgen des ersten sonnigen Frühlingstages an der die Natur aus ihrem Winterschlaf erwachte, die Dorfbewohner bemerkten, dass sich an der Ruine etwas veränderte. Nachdem sie argwöhnisch dort nachschauten, begegneten sie einer einzelnen, ihnen unbekannten Schwester, die begonnen hatte, den am besten erhaltenen Teil der Ruine für sich wohnlich herzurichten. Tatkräftig hatte sie bereits einige Löcher im Dach mit Stroh gestopft und mit dem restlichen Stroh und mitgebrachten Decken ein Lager in einer windgeschützten Ecke für sich errichtet. Ihre wenigen Habseligkeiten lagen, in ein Bündel eingeschlagen, daneben. Überrascht fragten sich die Dorfbewohner, ob vielleicht ein längerer Aufenthalt ihrerseits beabsichtigt war - Hoffnung keimte auf.

Die Schwester erzählte ihnen, dass sie seit ihrem siebten Lebensjahr in einer großen, bedeutenden Abtei erzogen worden war und seit früher Jugend im dazugehörigen Hospital des Ordens geholfen hatte Kranke zu pflegen. Diese Arbeit habe sie aus vollem Herzen verrichtet und vielfältig Leiden gelindert, sich an den Genesenden erfreut oder auch Zufriedenheit darin finden können, die letzte Zeit eines Menschen möglichst gut zu begleiten. Nach und nach habe sie immer mehr gelernt in der Anwendung von allerlei Heilmitteln, doch all dies hätte ihr letztlich selbst nicht helfen können. Denn in den letzten Monaten habe sie sich zu Tode erschöpft gefühlt, nichts habe wirklich Besserung gebracht. An erholsamen Schlaf sei lange ebenfalls nicht mehr zu denken gewesen. Die Äbtissin habe ihr als letztes Mittel geraten einen Ort zu finden, an dem sie der regen Betriebsamkeit der Abtei entkommen und durch Stille und innere Einkehr wieder zu sich selbst gelangen könne. In leicht vergilbten Unterlagen, die sie zufällig fand, hatte die Schwester vom ehemaligen Kloster am Dorf gelesen und deshalb in der Abtei um eine längere Auszeit gebeten. Dann hatte sie sich auf den Weg begeben. Sie hegte die Hoffnung, dass das ruhige Leben mit der Zeit ihren Elan und ihre Tatkraft zurückbringen könnte.

Die Hoffnung der Dorfbewohner jedoch war eine gänzlich andere. In gespannter Erwartung eines erneuten wirtschaftlichen Aufschwungs freuten sie sich, hießen die Schwester herzlich willkommen und baten sie für immer zu bleiben. Konnte sie vielleicht den Brunnen erneut zum Leben erwecken, so dass er wieder Wünsche erfüllen konnte? Im Stillen hegten sie die weitere Hoffnung, dass sich vielleicht sogar im Laufe der Zeit wieder mehr Schwestern dazu gesellten und das Klosterleben sich erneuerte. Aufbruchstimmung lag in der Luft. Und so packten die Dorfbewohner munter mit an und halfen der Schwester, einen Teil der Ruine für sie herzurichten. Nachdem es sich die Schwester hier mit den ihr zur Verfügung stehenden Mitteln so genehm wie möglich gemacht hatte wendete sie sich dem Außenbereich zu und begann, das wild überwucherte Gelände zu lichten. Die Schwester liebte es im Garten zu arbeiten, die Erde an ihren Händen zu spüren, zu pflanzen, zu sähen und zu ernten. Mit großer Leidenschaft und Geduld versuchte sie daher, den vernachlässigten Garten wieder in geordnete Beete zu verwandeln. Sie entdeckte sogar vereinzelt Kräuter, die sich über die Jahre immer wieder ausgesät hatten und eine Wiese mit Obstbäumen, die dringend in Form gebracht werden mussten.

Und sie begann, den äußerlich gut erhaltenen Brunnen von überhängendem Geäst und dem Moos zu befreien, das sich zwischen die Steine gesetzt hatte. Vergeblich jedoch versuchte sie, mit neuem Seil und Eimer Wasser aus dem Brunnen für die Pflanzen und für sich zu schöpfen. Das Wasser des Flusses war an dieser Stelle bereits zu salzig, um genießbar zu sein. Bei einer frühen Erkundung des Waldes hatte die Schwester jedoch, versteckt unter den herabhängenden Zweigen einer Weide, eine kleine Quelle entdeckt, die ergiebig genug war, dass weder sie noch die Pflanzen Durst leiden mussten. Sie selbst benötigte nicht viel und bislang war das Jahr überwiegend kühl und feucht gewesen, so dass das Wässern der Pflanzen im Moment noch nicht nötig wurde.

Neugierig schauten immer mal wieder erwartungsvolle Dorfbewohner vorbei um sich nach ihrem Befinden, dem Fortgang der Arbeiten im Garten und dem Brunnen zu erkundigen. Die Geschichten aus früheren glücklicheren Zeiten des Dorfes hatten sie der Schwester längst erzählt. Deshalb wusste sie um die Erfüllung der Wünsche durch den Brunnen und dem daraus folgenden einst guten Leben im Dorf. Aus Sicht der Dorfbewohner bestand nun endlich die lang ersehnte Möglichkeit, dass ihr Wunsch nach mehr Wohlstand in greifbare Nähe rückte. Wieder und wieder kamen sie in

Gesprächen mit der Schwester auf dieses Thema zu sprechen. Unmissverständlich und sehr nachdrücklich forderten sie die Schwester auf, das Geheimnis des Brunnens zu erkunden und dessen wunscherfüllende Tätigkeit doch wieder zu ermöglichen.

Die Schwester fühlte sich gedrängt, schon fast genötigt etwas zu tun, was absolut außerhalb ihrer Macht lag. Wie sollte so etwas gehen? Weder konnte sie den ausgetrockneten Brunnen wieder zum Leben erwecken noch die Wünsche und Erwartungen der Dorfbewohner erfüllen. Unabhängig von Anzahl und Wert der Münzen die sie bereit waren, dafür in den Brunnen zu werfen. Sie wusste nicht, was sie machen sollte. Es war unmöglich. Furcht und Zweifel überfielen sie. War es richtig gewesen ausgerechnet an diesen Ort zu kommen? Sie benötigte dringend Zeit um über alles nachzudenken. Plötzlich erinnerte sich die Schwester daran einmal gelesen zu haben, dass es nicht immer eindeutig vorher feststand, ob die Erfüllung oder die Nicht-Erfüllung eines Wunsches letztendlich für den Wünschenden besser war. Das ließ sich nie eindeutig im Voraus bestimmen, selbst wenn es sich für den Wünschenden in dem Moment so anfühlte. Aber langfristig mochte sich durchaus etwas anderes, als zunächst gedacht, als segensreich herausstellen. Sie dachte nach, ob diese Überlegungen ihr weiterhelfen konnten. Darum erwiderte sie die Forderungen der Dorfbewohner mit der Gegenfrage, ob sie denn ihren Wunsch, den sie an den Brunnen hätten, genau kennen würden? Da es, wie sie aus ihren Erzählungen wusste, nur ein einziger sein konnte, sollte dieser doch sehr reiflich überlegt sein. Und sie hätte schon jetzt von einzelnen bereits mehrere Wünsche vernommen, deren Erfüllung sie unbedingt benötigten. Die Dorfbewohner kamen ins Grübeln. Und je länger sie darüber nachdachten, desto schwieriger wurde es, nur einen einzigen Wunsch zu finden.

Spontan kam einigen der Wunsch nach mehr Wohlstand in den Sinn und wurde in der Gemeinschaft geäußert. Ein zustimmendes Nicken der anderen machte deutlich, dass bei diesem Wunsch größte Übereinstimmung herrschte. Dass nicht wenige bei ihrem Wunsch heimlich auch an sehr viel Geld, gar großem Reichtum und vielleicht damit verbundene Macht für sich selbst dachten, hielten sie dagegen verborgen. Aber wie in alten Zeiten könnten vielleicht Handwerk und Handel durch einen funktionierenden Brunnen erneut aufblühen, so dass die Dorfbewohner dadurch bereits ein einträgliches Auskommen hätten und auch das ein oder andere an Einkommen darüber hinaus. Also war es durchaus möglich, heimlich etwas vollkommen anderes für ihren einzigen Brunnenwunsch in Betracht zu ziehen. Es wollte ja alles wirklich sorgfältig überlegt sein. Und als die Dorfbewohner später in ihrem Heim weiter darüber nachdachten, kamen ihnen, je nach Lebenssituation und Lebensziel, viele sehr unterschiedliche Sehnsüchte und Wünsche in den Sinn. Und je länger sie darüber nachdachten, desto schneller wuchs die Anzahl der Wünsche. Es gab ja so unendlich vieles, was man sich wünschen konnte. Die Wünsche wuchsen und gediehen, ja sie wuchsen bis ins Unermessliche.

Und die Frage, welcher der Wünsche, Sehnsüchte oder Träume davon denn nun der Wichtigste war, ließ sich immer weniger beantworten.

Mit innerem Abstand betrachtete die Schwester die kleineren und größeren Auseinandersetzungen der Dorfbewohner mit deren Wünschen, wohl wissend um die Tatsache, dass diese Gedanken einem Fass ohne Boden gleichen konnten. Und so denken die Menschen bis heute weiter darüber nach und die Schwester konnte fortan, wie gewünscht, in Ruhe ihre Gesundheit und Gelassenheit wiederfinden. Natürlich freute sie sich immer über Besuch. Gerne setzte sie sich mit ihm zusammen, um über Gott und die Welt zu sprechen. Und manchmal gelang es ihr auch, ihr heilkundiges Wissen zum Wohle ihrer Gäste einzusetzen.

Denn niemandem war es bislang aufgefallen, dass die mildtätigen Schwestern früher den entscheidenden Anteil an der Wunscherfüllung leisteten, nicht der Brunnen. Als der Brunnen verstopfte waren sie gezwungen das Kloster aufzugeben, da sie ohne das Wasser dort nicht leben konnten. Die Menschen hatten von den Schwestern, ohne Gegenleistung, menschlichen, seelischen und medizinischen Beistand erhalten der es ermöglichte, dass sie in jeder Hinsicht gestärkt waren, bevor sie sich wieder auf ihren Heimweg machten. Entweder waren sie an Geist, Körper und Seele soweit gekräftigt, dass sie anschließend in der Lage waren, eine für sie schwierige Situation selbst zu verändern. Oder es war in anderen Situationen hilfreich durch lange und tiefgründige Gespräche mit den Schwestern die eigene Einstellung zu überprüfen und eventuell einen anderen Blick auf vieles zu bekommen. Manchmal aber lernten die Menschen durch die Schwestern, dass es auch Situationen im Leben gab, die letztlich so, wie sie waren, akzeptiert werden mussten, so schwer das auch häufig fiel. All das unabhängig von den eigenen Wünschen. Und so waren selbst die guten, alten Zeiten, in denen das Wünschen scheinbar geholfen hatte, nicht anders, als heute.

Der einsame Zauberer

Es lebte einst ein echt einsamer Zauberer, der seit vielen, vielen Jahren alleine durchs Leben ging. Der Zauberer gehörte nicht zum fahrenden Volk der Gaukler und Spielleute, die von Ort zu Ort zogen. Diese wurden überall willkommen geheißen, da sie die Menschen mit Hilfe von Flöten- und Lautenspiel, Tanz, Theater oder Akrobatik unterhielten und belustigten und für eine Weile von ihrem tristen Alltag ablenkten, um dann weiterzuziehen. Der Zauberer zählte sich selbst vielmehr zu den Gelehrten. Denn er las, experimentierte und übte Tag und Nacht, um die Geheimisse des Lebens mit Hilfe der Magie zu ergründen. Das größte Geheimnis für ihn war und blieb jedoch der Mensch. Das für den Zauberer unerklärbare Verhalten der Menschen blieb ihm unverständlich, es zu ergründen seine Lebensaufgabe.

Seine mittlerweile 257 Jahre sah man ihm nicht an, er wirkte deutlich jünger. Da er in entsprechenden Abständen den Wohnort gewechselt hatte, war sein Alter bislang auch niemandem aufgefallen. Was hingegen jedem sofort ins Auge fiel, war sein Äußeres. Er war anders als andere, deutlich sichtbar anders. Bereits von weitem war er erkennbar an seinem hohen spitz zulaufenden Hut und dem langen, weiten Umhang, welchen er stets trug, sobald er das Haus verließ. War er Zuhause trug er einen speziellen Haushut, der nicht ganz so hoch und spitz zulief und die niedrige Zimmerdecke deshalb nicht berührte, sowie einen gemütlichen Hausumhang aus

Flanell, der sich auch farblich etwas von seiner Außerhauskleidung unterschied. Denn Hut und Umhang waren für ihn nicht wegzudenken, sie gehörten genauso zu ihm wie seine rechte und linke Hand, sie waren zu einem Teil von ihm geworden. Deshalb war es ihm auch unmöglich sich von ihnen zu trennen. Und wozu sollte er auch, solange er sich so und nicht anders, wohl fühlte? Denn er bliebe auch dann er selbst - nur dass man dann das Anderssein vielleicht nicht sofort auf den ersten Blick erkennen konnte.

Wohin der Zauberer in all den Jahren auch kam, er eckte an. Scheinbar passte er nirgendwo richtig hin, in keine Zeit, an keinen Ort, zu keiner Gemeinschaft. Es gab bislang niemanden, den er kannte oder jemals getroffen hatte, der ebenfalls solche Hüte und Umhänge trug. Stets wurde er daher von den Menschen sofort aufgrund seines Äußeren beurteilt und ohne weiteres Gespräch in eine Schublade gesteckt. Diese Schublade war sehr, sehr tief und trug in großen unauslöschbaren Buchstaben die Aufschrift *ANDERS*! Steckte man dort einmal drin war es sehr schwierig alleine herauszukommen. Für den Zauberer bedeutete dies jedes Mal eine äußerste Kraftanstrengung ohne die Gewissheit, dass er am Ende auch wirklich erfolgreich sein würde. Und schaffte er es nach langer Zeit, fühlte er sich unendlich müde und traurig und ohnmächtig, trotz seiner magischen Fähigkeiten, denn diese beschränkten sich auf andere Gebiete. Er fühlte sich von den Menschen stets auf sein Äußeres reduziert, ohne dass sich jemand die Zeit nahm, sich mit ihm zu unterhalten und, als Folge davon, ihn niemand wirklich kennenlernte und ihn verstand. Er fühlte sich einsam, er war einsam ohne Möglichkeit, daran etwas zu verändern.

Wobei - er selbst fühlte sich eigentlich gar nicht so anders als andere. Es war doch allgemein üblich, dass jeder Mensch die eine oder andere Art von Kleidung trug, die sich manchmal allerdings auch sehr voneinander unterscheiden konnte. Sie wärmte an kalten Tagen und ließ vielleicht manchmal kleinere Rückschlüsse zu auf den Geschmack, die Herkunft oder den Geldbeutel des Trägers. Aber auf den Menschen selbst? Warum wurde *er* danach beurteilt? Das Etikett *ANDERS* wurde scheinbar auf eine weitere, unsichtbare Art gebildet: es schien eine Art unausgesprochene Erwartungshaltung der Menschen zu sein. Sie wurde durch verstörende Blicke, abwertendes Reden und Verhalten gegen den Zauberer spürbar, sobald er gesehen wurde. Was ihm natürlich nicht entgehen konnte. Die Bewertung der anderen Menschen erfolgte blitzartig durch ihre Gedanken, die ihnen in der Regel nicht einmal bewusst sein mussten. Stets wurde er schikaniert und gequält, gehänselt und verspottet, gedemütigt und angepöbelt, belästigt und beschimpft, ausgegrenzt. Wieder und wieder wurde seine Seele dadurch getroffen, verletzt. Das Etikett *ANDERS*, das dem Zauberer von den Menschen angeheftet wurde, ließ sich von ihm nicht einfach wieder entfernen, obwohl er am Anfang verzweifelt versucht hatte ein besonders guter und netter und freundlicher Zeitgenosse zu sein, besser als alle anderen. Jedoch es half ihm nicht.

Der Zauberer war enorm einsam. Was hatte er in all den vielen Jahren nicht schon unternommen, um mit den verschiedensten Menschen in Kontakt zu kommen und von ihnen akzeptiert zu werden. Aber was immer er auch versuchte, er bekam von den Menschen keine Chance. Er war und blieb anders. Und mehr anders, als andere. Am Anfang versuchte er noch sich einzureden, dass die respektlose Reaktion der anderen für ihn nicht so wichtig sei. Er war schließlich er selbst, ein Magier! Doch mit der Zeit änderte sich sein Befinden und passte sich seinen negativen Gefühlen von Wut und Ohnmacht an. Es wurde für ihn immer schwerer über das Verhalten der Menschen hinwegzusehen, denn er sehnte sich nach Gemeinschaft, er sehnte sich so sehr danach dazuzugehören. Er wollte nicht anders sein als andere und so glich jede Bemerkung über sein Äußeres einem weiteren Stich in seine ohnehin bereits verwundete Seele.

Wohl hatte er gehört, dass es irgendwo andere Zauberer geben solle, anscheinend existierten sogar Internate zur Unterweisung in unterschiedlichen Fächern der magischen Zauberei, doch bislang war er entweder noch keinem anderen Zauberer begegnet oder keiner hatte sich ihm bislang zu erkennen gegeben. Und da seine eigene Magie nicht so mächtig war dies zu ändern, lebte er mehr schlecht als recht einsam unter den

Menschen und das Gefühl, anders zu sein als alle anderen, wurde zu seinem ständigen Begleiter. Egal wo er sich befand fühlte er sich unwillkommen, ausgegrenzt und ungeliebt. Es wollte ihm einfach nicht gelingen, es anderen soweit recht zu machen um in die Gemeinschaft aufgenommen zu werden und deshalb versuchte er es am Ende gar nicht mehr. Entmutigt zog sich der Zauberer von den Menschen zurück, igelte sich ein und mied von seiner Seite aus ebenfalls den Kontakt, soweit es möglich war. Wo immer er auch hinkam, wo immer er sich niederließ, in all den vielen, vielen Jahren war es immer gleich, die Menschen schienen sich nicht zu ändern. Ob sie es nicht wollten oder konnten - wer wusste das schon.

Vor kurzem erst war er in die große Stadt am breiten, schnell dahinfließenden Fluss gekommen und hatte sich ein Zimmer im lebhaften Hafenviertel gemietet. Hier tummelten sich viele Menschen auf engem Raum, hierher kamen Menschen aus allen Teilen der Welt, Händler zu Land und zu Wasser und er dachte, dass er in diesem bunten Gewimmel nicht weiter auffiel. Wie immer lebte er trotzdem weitgehend zurückgezogen, arbeitete intensiv daran seine magischen Fähigkeiten zu verbessern um Antworten auf seine Fragen zu bekommen und verließ nur selten seine Unterkunft. Und trotzdem war es ihm, als ob sich auch hier die Leute nach ihm umdrehten, verstohlen mit dem Finger auf ihn zeigten und anfingen, hinter vorgehaltener Hand zu tuscheln oder gar zu lachen. Ihm war das Lachen seit langem bereits vergangen. Denn sobald die Menschen ihn schon von weitem erblickten und sahen, dass er anders war als sie, ließen sie es ihn auch hier deutlich spüren. Teilweise zogen Erwachsene ihre Kinder zu sich oder wechselten sogar die Straßenseite, um nicht zu dicht an ihm vorbeigehen zu müssen.

Eines eigentlich schönen Tages war beim Zauberer das Maß voll. Eine von einem Sprecher unbedacht geäußerte spöttische Bemerkung über ihn war genau eine Bemerkung zu viel und hatte das brodelnde Fass zum Überlaufen gebracht. So konnte es nicht weiter gehen. Zunächst strafte der Zauberer die Menschen, indem er sie seinerseits vollständig ignorierte. Das wiederum ignorierten die Menschen. Auch alles andere, was er versuchte, war wirkungslos geblieben. Seine verwundete Seele hielt es nicht mehr aus, sie schrie nach Rache. Er würde diese Ausgrenzung nicht mehr hinnehmen. Der Zauberer musste sich schützen, diesem Treiben ein für alle Mal Einhalt gebieten und seinerseits Grenzen setzen.

Der Zauberer überlegte, wie er diese Grenze, die unüberwindbar sein sollte, ziehen konnte. Wie konnte es ihm gelingen, die abwertenden verletzenden Gedanken der Menschen vollständig zu verschließen? Niemals wieder durften solche Gedanken das Licht der Welt erblicken und geäußert werden, auf dass seine Seele nie wieder verwundet wurde. Da erinnerte er sich an die schrecklichste und fürchterlichste Strafe, die jemals für Menschen erdacht wurde: das Gedankengefängnis. Nur diese schrecklichste und fürchterlichste Strafe schien, seinem Gefühl nach, die einzig angemessene Antwort seinerseits auf all die erlittenen Verletzungen zu sein. Nachdem nun der Zauberer eine halbe Ewigkeit in allen möglichen Zauberbüchern gelesen, uralte Magie und die kompliziertesten Formeln studiert hatte, fand er letztlich den gesuchten Zauberspruch. Er schob alle Bedenken, die sich zwischendurch kurz eingeschlichen hatten, beiseite und sprach den Zauberspruch für das Gedankengefängnis laut und vernehmlich aus mit genau der richtigen Betonung sowie einer dramatischen Geste des Zauberstabes. Und dadurch wurde er augenblicklich wirksam.

Das Gedankengefängnis bestand aus einem äußerst feinmaschigen Netz für Gedanken, durch das nichts hindurchdringen konnte, weder in die eine, noch in die andere Richtung. Die netzartig gewebte Hülle war unendlich elastisch, so dass eine unbegrenzte Anzahl an kleinen, größeren, großen und riesengroßen Gedanken darin Platz fand. Rund wie ein dehnbarer Ball hatte es nur eine einzige äußerst geringe trichterförmige Öffnung, durch die ein Gedanke wie durch ein Ventil zwar ins Innere gelangen konnte, aber niemals wieder heraus. Im Inneren kreiste dann der Gedanke mal langsam, mal schneller, unaufhörlich in jede Richtung. Suchte, aber fand keinen Weg, dem Netz zu entfliehen. Er war im Gedankengefängnis gefangen. Der Gedanke blieb dort, musste von dem Menschen wieder und wieder gedacht werden, ohne dass der Mensch die Chance hatte, diesen Gedanken jemals zu

Ende zu denken oder gar wieder loszuwerden. Es gab kein Entkommen.

Er hatte es wirklich getan, er hatte fürchterliche Rache genommen und den Zauberspruch gesprochen. In diesem Moment entlud sich die gesamte aufgestaute Wut und Enttäuschung. Die Menschen hatten ihn aufgrund seiner Andersartigkeit aus ihrem Kreis ausgeschlossen, als Gegenschlag hatte er ihre Gedanken, das den Menschen offensichtlich wichtigste im Leben, eingeschlossen. Es war nur fair. Einen Moment verharrte der Zauberer reglos, gespannt was geschehen würde. Doch es geschah - nichts. Das Leben der Menschen ging weiter wie vor der schrecklichsten Strafe, die jemals für Menschen erdacht wurde. Wie konnte das sein? Der Zauberer war seltsam überrascht. Hatte er sich mit seiner Einschätzung vertan und diese Strafe war gar keine? Konnte es sein, dass der fürchterlichste Zauberspruch gar keinen so großen Unterschied machte zu dem, wie es vorher war? Die Menschen schienen weiter ungehindert ihrem gewohnten Tagwerk nachzugehen.

Zunächst auch bemerkten die Menschen die eingetretene Veränderung nicht, denn sie waren es gewohnt ständig über alles Mögliche nachzudenken, es in ihren Köpfen hin und her zu drehen und zu wenden, alle Vor- und Nachteile abzuwägen und von allen Seiten ausführlich zu beleuchten, bevor sie eine Entscheidung trafen oder eine Idee umsetzten. Es war für sie beinahe selbstverständlich Gedanken für eine ewig lange Zeit zu beherbergen. So war das Gedränge im Kopf ohnehin bereits riesig. Doch durch den Zauberspruch war die Gedankenherberge unbemerkt zu einem Gefängnis für alle Gedanken geworden, aus der sie nicht mehr herauskamen.

Obwohl das Gedankengefängnis unendlich elastisch war, wurde es in den Köpfen der Menschen trotzdem voll und voller, eng und enger mit der Folge, dass dort die allergrößte Unordnung herrschte. Jetzt fand kein einziger Gedanke mehr genügend Platz, um sich ausbreiten zu können oder sich sortiert an seinen dafür vorgesehenen Ort zu begeben und geduldig auf einen eventuell weiteren Einsatz oder auf Gleichgesinnte zu warten. In diesem Durcheinander war es auch nicht mehr möglich, dass ein Gedanke in aller Ruhe zu Ende gedacht werden konnte, um dann entweder kompostiert zu werden und als Dünger für weitere Gedanken zur Verfügung zu stehen oder verabschiedet zu werden, um sich anschließend für immer zu entfernen. Es kam zu unendlich vielen unübersichtlichen Verknotungen von Gedankensträngen. Jeder neue Gedanke konnte nur noch angedacht werden bevor er schon vom nächsten verdrängt oder übersprungen wurde. Trotzdem gelang es den stärksten, weil ewig gleichen Gedanken, sich immer wieder in den Vordergrund zu drängen. Eine ewige Wiederholung der gleichen Gedanken führte jedoch zu keinen neuen Ergebnissen. Und das hatte letztlich doch Auswirkungen auf das Leben der Menschen.

Langsam sah der Zauberer in den Gesichtern der Menschen die Veränderung, die das Gedankengefängnis erzeugte. Die Qual der inneren gedanklichen Unordnung und Überfüllung fand dort ihren ungeschminkten Ausdruck. Durch die Gedankenmasse wurde jeder Kopf so schwer, dass er sich zwangsläufig senkte und fast die Brust berührte. Übervoll mit unzähligen, bereits gedachten Gedanken und unfähig, das zu ändern. Mühsam versuchten die Menschen trotzdem, ihren Alltag mit all den anstehenden Arbeiten zu bewältigen.

Bislang gehörte es zur nicht weiter hinterfragten Normalität der Menschen, dass ihre Gedanken ein Gerüst bildeten und die Richtung angeben, an der sich ihr Verhalten orientierte. War durch den Zauberspruch nunmehr eine gedankliche Ordnung unmöglich, veränderte sich daher auch das Verhalten der Menschen zunehmend. Ideen ließen sich nicht mehr zielstrebig verfolgen. Es wurde schwierig, Bücher von Anfang bis zum Ende zu lesen. Das Essen schmeckte nicht mehr, da die Einhaltung der Kochrezepte unmöglich wurde, neugebaute Häuser bekamen eine sehr merkwürdige Form. Und das Miteinander der Menschen selbst wurde unübersichtlich. In ihren Köpfen herrschte Chaos. Jeder war ausschließlich mit sich selbst beschäftigt, mit dem Ziel seine Gedanken zu strukturieren. Keiner achtete auf den anderen, niemand hatte Interesse am Aussehen eines anderen. Jeder hatte wichtigeres zu tun. Leise schmunzelte der Zauberer in sich hinein. Rache war scheinbar wirklich so süß, wie es das Sprichwort besagte.

Unbehelligt konnte er nun durch alle Gassen spazieren und fühlte sich endlich frei. Aber einsam.

An einem schönen Spätsommerabend, an dem die milden Temperaturen noch zu einem Spaziergang einluden, brach der Zauberer auf und schlenderte gemütlich in Richtung Fluss. Direkt an dessen Ufer sah er plötzlich ein kleines Kind selbstvergessen ins Spiel versunken. Das Kind krabbelte über die nassen Steine der Uferbefestigung, die den unberechenbaren Fluss an einigen Stellen begrenzten. Dabei näherte es sich auf gefährliche Weise dem tiefen, schnell dahinfließenden Wasser. Hastig blickte der Zauberer sich nach den Eltern oder anderen Personen um, die auf das Kind achten sollten, sah aber nur einen Mann aus einer Gasse rennen, der sich dabei suchend und, laut einen Namen rufend, umschaute. Er würde sicher zu spät kommen sollte das Kind in den Fluss fallen. Ohne nachzudenken eilte der Zauberer zum Ufer, beugte sich hinunter, sprach das Kind freundlich an und reichte ihm seine Hand, die das Kind vertrauensvoll nahm. Gemeinsam entfernten sie sich einige Schritte aus der Gefahrenzone. Der Vater sah sein Kind wohlbehalten an der Hand des Zauberers und schloss es überglücklich in seine Arme als er die beiden endlich erreichte. Noch vollständig atemlos dankte er dem Zauberer, dass er Schlimmeres verhindert hatte und lud ihn spontan zu sich nach Hause ein, auf dass auch seine Frau ihm ihren Dank aussprechen konnte.

Das Zuhause entpuppte sich als zwei Dachkammern eines größeren Gebäudes am Rande der Stadt. Dort warteten zwei weitere Kinder ängstlich auf die Rückkehr ihrer Eltern. Denn die besorgte Mutter und ihr Ältester waren ebenfalls in den verwinkelten Gassen unterwegs, um das Jüngste zu suchen, kamen aber kurze Zeit später unverrichteter Dinge zurück. Als sie ihr Jüngstes dort heil und unversehrt vorfand, konnte die Mutter ihre Tränen der Erleichterung nicht zurückhalten und dankte dem Zauberer von ganzem Herzen, der diese Rettung ermöglicht hatte. Die Eltern erzählten, dass sie in letzter Zeit nicht in der Lage gewesen wären, einen klaren Gedanken zu fassen. Sie hätten sich wirklich darum bemüht, es sei aber nicht möglich gewesen. Ihre Verzweiflung darüber war deutlich zu spüren.

Auch auf den Gesichtern der Geschwister spiegelte sich Erleichterung. Aufmerksam betrachteten sie den Zauberer und näherten sich ihm langsam. Und neugierig. Die von ihnen vorsichtig geäußerte Frage, ob der Zauberer erlauben würde den ungewöhnlichen Umhang zu berühren, wurde von ihm bejaht. Er freute sich über das Interesse und erklärte, dass diese Kleidung zu ihm gehörte. Die Kinder waren mit dieser kurzen Erklärung des Andersseins zufrieden und begannen, Löffel auf dem Tisch zu verteilen, um nach der großen Aufregung die ausgefallene Mahlzeit nachzuholen. Sie waren hungrig. Natürlich wurde der Zauberer herzlich gebeten, daran teilzunehmen was er gerne zusagte. Es wurde ein langer Abend, bei dem die Erwachsenen noch bis fast zum nächsten Morgen zusammensaßen und sich über vieles unterhielten. Beim Abschied wurden weitere gegenseitige Einladungen ausgesprochen und angenommen. Und da die gemeinsame Zeit allen immer wichtiger wurde gehörte der Zauberer bald zur Familie. Seine Seele begann zu heilen, seine Einsamkeit war vorüber.

Seit seiner Bekanntschaft mit der Familie war der Zauberer sehr nachdenklich geworden. Die Kinder hatten das jahrzehntelang gewachsene Bollwerk der Unnahbarkeit durch ihre direkte vorurteilsfreie Art unbewusst eingerissen. In all den vergangenen Jahren war der Rückzug des Zauberers zur Verbitterung geworden. Nun erkannte er, dass die Grenze, die er durch das Gedankengefängnis gesetzt hatte, nicht die richtige gewesen war. Aber wie zu jedem Gefängnis existierte auch hier ein Schlüssel. Wohlweislich hatte der Zauberer diese Tatsache den Menschen verheimlicht und ihnen verschwiegen, dass das Besondere an diesem Schlüssel war, dass er sich *innerhalb* des Gefängnisses befand. Im Prinzip war es also jedem Menschen möglich gewesen, das Gefängnis jederzeit von innen zu öffnen und seine Gedanken zu befreien. Vorausgesetzt, die Menschen fanden den Schlüssel. Der Schlüssel befand sich zwar jederzeit in Reichweite, konnte aber nicht ohne weiteres gesehen werden, da er sich in seiner Farbe perfekt an den jeweiligen Hintergrund anpasste, mit dem Auge also nicht erkennbar war. Es war nur möglich den unsichtbaren Schlüssel zu finden, indem man die leichte, kaum wahrnehmbare Unebenheit an der Gefängnisinnenwand erspürte. Dazu war es sehr hilfreich, die Aufmerksamkeit mit allen Sinnen auf einen einzigen Punkt zu lenken. Dadurch konnten sich die Gedanken langsam beruhigen und auf den Boden absinken. Da sich der Gefängnisschlüssel jeweils im obersten Teil befand, konnte er nun mit der entsprechenden Aufmerksamkeit aufgespürt werden und das Schloss entriegeln. Daraufhin weitete sich die Öffnung des Ventils und alle überzähligen Gedanken konnten sofort entweichen.

Wenn nun ein Gedanke seine Aufgabe erfüllt hatte indem er gedacht war, konnte dieser den Kopf ungehindert verlassen und fortschweben. In der Regel gab es genügend weitere Gedanken, die in einer endlos erscheinenden Schlange anstanden und darauf warteten, endlich selbst an die Reihe zu kommen. Und sollte dies wirklich einmal nicht der Fall sein war es für die Menschen erholsam, gedachte Gedanken zu verabschieden und ihnen gedankenlos nachzuschauen.

Die Familie, der der Zauberer über seine bisherigen schmerzhaften Erfahrungen berichtet hatte sowie der daraus entstandenen Idee des Gedankengefängnisses mit dem Schlüssel, übte sich nun beständig darin, ihre Gedanken zu beruhigen. Das gelang nach und nach immer besser, so dass alle Schlüssel erspürt wurden und ihre Aufgabe erfüllen konnten. Mit Zustimmung, die der Zauberer nun gerne gab, erzählten sie auch anderen Menschen davon. Wie ein Lauffeuer verbreitete sich die frohe Kunde in der Stadt und von da aus über das ganze Land und darüber hinaus. Nach zögerlichen Anfängen versuchten es die meisten und lernten, dass die Aufgabe, um an den Schlüssel zu gelangen, nicht immer leicht zu bewältigen war. Aber sie war es wert, denn wenn die Gedanken entweichen konnten, war es ein befreiendes Gefühl. Und alle Menschen fühlten sich, im wahrsten Sinne des Wortes, in mehr als einer Hinsicht erleichtert.

Für den Zauberer blieb zwar das meiste Verhalten der Menschen weiterhin ein Buch mit sieben Siegeln, aber er lernte es langsam wieder sich zu öffnen und Vertrauen aufzubauen. Denn definitiv gab es mehr Gemeinsamkeiten als Unterschiede mit und unter den Menschen. Andersartigkeit war deshalb kein Anlass, sich in irgendeiner Form anderen gegenüber abwertend zu verhalten. Denn sie war normal! Jeder war anders, irgendwie anders als andere Menschen, wenn auch nicht immer auf den ersten Blick sichtbar, so wie beim Zauberer. Für den Moment schienen die Menschen ihre Lektion gelernt zu haben und niemand schloss einen anderen, auch keinen Zauberer, aufgrund seiner Andersartigkeit aus. Aber wer wusste schon, wie lange diese Toleranz anhielt.

Die Moorhexe

Jeder hier wusste, dass *alles* im Moor versinken konnte. Dass das Moor alles restlos verschluckte, was an ungeeigneter Stelle den vermeidlich sicheren Boden berührte. Nicht Wasser, nicht Land, mit üblen Dämpfen, die als platzende Blasen dem Boden entwichen, bildete das Moor einen gefürchteten tückischen Grund, der nur an wenigen Stellen abseits der Bohlenwege trug. Diese sicheren Stellen, auf die man unbedenklich den Fuß setzen konnte, waren nur wenigen bekannt. Nur sie wussten um die schmalen Pfade, auf denen man unbeschadet das Moor durchqueren konnte. Zu ihnen gehörte ein altes Weib, das mit ihrer Katze in einer schlichten Kate am Rande des sumpfigen Geländes lebte. Man sagte ihr nach, dass sie alles wisse über diesen einzigartigen Lebensraum, über Tiere und seltene Pflanzen, die nur hier gedeihen konnten. Man munkelte ebenfalls, dass sich geheimnisvolle Dinge an der Kate zutrugen. Manche nannten sie eine Hexe.

Aber - wenn man ehrlich war - hatte sie mittlerweile fast alle Zaubersprüche vergessen, die sie während ihrer Schulzeit an einer Schule für Magie und Zauberei gelernt hatte. Ihre verbliebenen magischen Fähigkeiten setzte sie jetzt nur noch ein um eine mögliche Katastrophe zu verhindern: die Katastrophe, dass die Sonne im Moor unterging und für immer versank. Denn, sollte die Sonne im Meer oder hinter den Bergen untergehen, war es für sie kein Problem am nächsten Morgen unbeschadet wieder am Himmel zu erscheinen, um Licht und

Wärme zu spenden. Aber was, wenn sie einmal restlos verschluckt wurde? Freiwillig gab das Moor nichts wieder heraus. Deshalb nahm die Hexe jeden Abend einen besonderen Eisenkessel aus ihrem Regal, gab einiges an getrocknetem Kraut hinein und füllte ihn mit Wasser auf, welches sie vorher dem Moor entnommen hatte. Mit ein wenig Mühe gelang es ihr den Kessel in die Flammen zu hängen und das Feuer zu schüren bis es loderte. Sobald das Wasser kochte stieg ein feiner weißer Dunst auf, der durch den Schornstein ins Freie entwich. In Verbindung mit der modrigen Moorluft wurde er schwerer und schwerer, sank zur Erde und umnebelte mühelos Moose, Sumpfgras und zarte Orchideen. In Bodennähe verdichtete er sich, bis die Nebelschwaden einen leichten aber undurchlässigen Teppich über die weiten Flächen legten. Dieser Nebel verhinderte den dortigen Sonnenuntergang, verzauberte gleichsam das Moor und verwandelte diese ursprünglich eher karge Region in eine geheimnisvolle mystische Landschaft.

Doch heute hatte die Hexe kein Wasser für das wichtige Ritual schöpfen können. Eigentlich sollte an einem Frühlingstag wie diesen doch ausreichend Wasser zur Verfügung stehen, aber das Moor schien langsam aber sicher auszutrocknen. Was war nur geschehen? Dass es in den letzten Jahren wärmer wurde und immer weniger Regen fiel war ihr bereits aufgefallen und schlimm genug. Denn Wasser war das Elixier, dem das Moor seine Entstehung sowie sein Fortbestehen verdankte. Und das Moor bildete einen enorm wichtigen Lebensraum, so dass es nicht verschwinden durfte. Nicht auszudenken, wenn das empfindliche Gleichgewicht dauerhaft gestört würde. Die Hexe überlegte. Lange und ausdauernd, denn eine Lösung schien nicht einfach. Hatte irgendjemand eine Art Stöpsel aus einer Senke gezogen, so dass mehr Wasser abfloss, als nachregnen konnte? Sollte sie sich vielleicht sogar selbst an einem Regenzauber versuchen? Aber was, wenn es stattdessen Buttermilch regnete? Sie überlegte also noch einmal. Aber alleine durch Nachdenken kam sie nicht weiter. Sie musste etwas tun! Daher begab sie sich auf geheimen Pfaden durchs Moor um nach einer möglichen Ursache für die Wasserknappheit zu suchen. Da sie allerdings sehr lange nachgedacht hatte, neigte sich der Tag bereits dem Ende entgegen und noch immer hatte die Hexe weder genügend Wasser gefunden um den Nebel zu zaubern noch den Grund der Trockenheit. Was aber, wenn die Sonne ausgerechnet heute beschloss, in dieser Gegend unterzugehen? Nicht auszudenken!

Hatte die Hexe bislang nur vorsichtig die sicheren Stellen betreten, versuchte sie nun schneller voranzukommen. In ihrer Hast verfehlte sie jedoch eine Stelle, trat auf sumpfigen Boden und mit einem schmatzenden Geräusch steckte die Hexe plötzlich mit einem Bein tief im morastigen Grund. Sie konnte weder vor noch zurück. Und je mehr sie ihren Fuß oder auch nur ihren großen Zeh bewegte um sich herauszuarbeiten, desto tiefer sank sie ein. Hilflos ruderte sie mit den Armen. Sollte sie laut rufen? Würde sie überhaupt jemand hören? Nach einem kurzen

Moment jedoch stellte sie überrascht fest, dass sich das zweite Bein mit dem dazugehörigen Fuß sowie alles andere von ihr noch nicht im Moor befand. So weit, so gut. Aber - eigentlich wusste sie doch alles über diesen besonderen Lebensraum und hatte sich ebenfalls in Zauberei und Magie ausgekannt, zumindest früher einmal. Da sollte ihr doch auch heute noch etwas einfallen. Also versuchte die Hexe sich auf das zu konzentrieren, was ihr eventuell weiterhelfen könnte. Dabei störte sie ein leises Geräusch, ein feines Ploppen wie das Platzen von kleinen Blasen, das in unregelmäßigen Abständen an ihr Ohr drang. Und plötzlich hatte sie eine Idee: die Dämpfe, die dem Moor entwichen, könnten jetzt ihre Rettung sein - in Verbindung mit Konzentration. Sie musste nur noch den Zauberspruch erinnern, der Gas dazu brachte sich an einer bestimmten Stelle zu sammeln. Die Hexe versuchte es und spürte unter ihrem Fuß ein leichtes Kribbeln, bis die Gasblase groß genug war, nach oben drang und dabei ihr Bein sanft aus dem Moor schob. Zwar hatte sie bei dieser Aktion eine ihrer Holzpantinen im Sumpf eingebüßt, stand aber jetzt mit beiden Beinen wieder auf festem Grund. Ein gutes Gefühl. Als sie um sich schaute sah die Hexe, wie sich in dem entstandenen Loch Wasser sammelte. Mit der verbliebenen Holzpantine entnahm sie ein wenig von dem Nass um es nach Hause zu tragen und damit sogleich den Nebel herzustellen. Auf Strümpfen machte sie sich hurtig auf den Heimweg, denn die Sonne stand bereits tief am Himmel und bereitete sich auf ihren heutigen Untergang vor.

Müde und erschöpft nach getaner Arbeit in letzter Minute setzte sich die Hexe vor ihre Kate und ließ die Gedanken schweifen. Ihre Stirn runzelte sich sichtbar vom vielen Nachdenken. Bei diesem riesigen Problem jedoch war sie am Ende ihrer Zauberei, ihrer Magie und ihrer Weisheit angelangt. Die Frage aber blieb: Was war wichtiger: Sonne oder Moor? Doch plötzlich - war sie für einen kurzen Moment unaufmerksam gewesen? - fiel das kleine Wörtchen „oder" aus dem Rahmen, plumpste auf den Boden und wurde sogleich unwiderruflich vom Moor verschluckt. Letztlich blieb der Hexe nun nichts anderes übrig als nach Ersatz zu suchen und stellte mit größtem Erstaunen fest, dass sich das Wörtchen „und" ganz hervorragend dafür eignete. Es galt also, die Sonne *und* das Moor zu retten, Sonne und Wasser waren gleichermaßen notwendig für alles Leben. Es gab kein entweder/oder! Diese Betrachtungsweise war für die Hexe vollständig neu, fühlte sich aber auf eine seltsame Weise richtig an. Und alle florigen und faunigen Moorbewohner stimmten der Hexe erleichtert zu und entschlossen sich ebenfalls daran mitzuarbeiten und auf das Wörtchen *und* sorgsam acht zu geben, so dass es niemals verloren ging. Und gemeinsam würden sie sicher auch eine Lösung für das große Problem finden. Als Zeichen für dieses Versprechen bestimmte die Hexe eine unscheinbare kleine Pflanze des Moores, die an ihren Spitzen Tropfen wie Tau bildete, in denen sich die Strahlen der Sonne spiegelten. Und am Abend, bevor die Sonne sich für die Nacht verabschiedete und hinter den Horizont zurückzog, sendete sie ihre schönsten Strahlen als farbenprächtigen Gruß über das Moor.

Die Apotheke der Bücher

Das schmucke Neubaugebiet mit Einfamilienhäusern inmitten gepflegter Grünanlagen zog sich großzügig entlang des Fußes eines dicht bewaldeten massigen Berges, der sich untypisch aus dem umgebenen Flachland erhob und die gesamte Gegend prägte. Aus unerfindlichen Gründen war jedoch bei der Erbauung der neuen Häuser ein einziges Grundstück ausgelassen worden. Jeder, der dort vorbei ging, konnte zunächst nur einen Blick in den verwunschenen Garten werfen, in dem sich knorrige Bäume, Sträucher und Blumen in allen Farben sowie verschiedene Kräuter in friedlichem Chaos den Platz teilten. Ein niedriger Holzzaun versuchte vergeblich, das Grün zur Straße hin zu begrenzen. Von einer lose in den Angeln hängenden Pforte führte ein schmaler Weg zum rückwärtigen Teil des Grundstückes.

Dort stand seit gefühlten Ewigkeiten ein bescheidenes Fachwerkhäuschen, das sich mit seiner Rückseite eng an den massigen Berg schmiegte. Ein aus roten Klinkersteinen gemauerter Schornstein ragte hoch über das Dach empor und verwies auf ein Gefühl von Wärme und Geborgenheit im Inneren. Die einladend geöffnete Haustür bot jedem Menschen Zutritt, der den alten Mann besuchen wollte, welcher dort bereits seit ewigen Zeiten lebte. Niemand konnte sich daran erinnern, dass es jemals anders gewesen war. Vor dem Häuschen stand eine bequeme, hölzerne Bank, auf der er tagsüber häufig zu sitzen pflegte, stets mit einem Buch in der

Hand sowie einem kleinen Stapel weiterer Bücher neben sich. Bei gutem Wetter verbrachte er dort lesend so viel Zeit wie möglich. Bei schlechtem Wetter schien das Licht einer Leselampe warm durch die Fenster nach außen.

Häufig bekam der alte Mann Besuch von Menschen von nah und fern, die über die unterschiedlichsten Wege von ihm gehört hatten. Jeden Besuch führte er in sein behagliches Wohnzimmer, in dem zwei gemütliche Sessel mit grün kariertem Bezug und passenden Kissen an einem niedrigen Tisch vor dem Fenster standen. Das karierte Muster wiederholte sich in den Vorhängen, die bei schlechtem Wetter vor das Fenster gezogen wurden, um die Kälte auszusperren. Dann entzündete der alte Mann im Kamin ein prasselndes Feuer und Kerzen in einem Leuchter, so dass sich Licht und Wärme im Raum ausbreiteten und bereitete Tee aus den Kräutern des Gartens. Freundlich bat er seinen Besuch Platz zu nehmen, setzte sich selbst, nahm sich Zeit und schenkte seinem Gegenüber seine uneingeschränkte Aufmerksamkeit. Nach einer kurzen Weile begann der Besuch zu erzählen und fand für alles stets ein offenes Ohr. Zwischendurch nickte der alte Mann manchmal und murmelte zustimmende Worte, die ermunterten, weiterzusprechen. Nur selten schien es ihm angebracht, sein Gegenüber mit einer kurzen Nachfrage zu unterbrechen. Die Erzählungen der Besucher handelten manchmal von freudigen Erlebnissen, schönen Begegnungen aber überwiegend von ungelösten Konflikten oder leidvollen Ereignissen, aktuellen oder aus längst vergangenen Tagen.

Am Ende einer jeden Erzählung überlegte der alte Mann, was in dieser besonderen Situation für diesen Menschen neben Zeit, Aufmerksamkeit, Tee und einem Gespräch mit ihm hilfreich sein könnte. Eine der ersten Fragen, die er an seine Besucher richtete, bezog sich unter anderem darauf, ob ihnen das Lesen von Büchern Freude bereite, nach eigenen Lesegewohnheiten und eventueller Lieblingslektüre. Wurde die erste Frage verneint, versuchte er, die Freude am Lesen durch entsprechende Bücher zu wecken. Wurde die Frage jedoch bejaht und eine gewisse Leidenschaft ersichtlich, freute sich der alte Mann, erhob sich und ging langsam mit suchendem Blick an den Wänden des Zimmers entlang oder schaute weiter in andere Räume des Hauses. Denn an allen möglichen Wänden befanden sich raumhohe Regale, beladen mit hunderten von Büchern jeder Größe und Breite. Manchmal blieb er vor einem der Regale stehen, strich fast liebevoll über Bücherrücken, zog ein Buch heraus, um kurz darin zu blättern und stellte es dann entweder zurück, weil ihm das Geschriebene nicht passend genug erschien oder nahm es mit sich und brachte es seinem wartenden Besuch. Er schien den Inhalt jedes Buches zu kennen. Meistens wurde der alte Mann innerhalb kurzer Zeit fündig. Für jede Altersstufe existierten Geschichten und Erzählungen, Sagen und Märchen, Romane, Gedichtbände und vieles mehr. Berührend, spannend, aufrüttelnd, beispielhaft, beratend, beruhigend oder tröstend. Denn Geschichten hatten die zauberhaft anmutende Kraft Einsamkeit zu vertreiben, zu entspannen, Gedanken auf andere Themen zu bringen, Gefühle anzuregen, zu beruhigen oder in andere Bahnen zu lenken. Ja, sie waren sogar in der Lage Berge zu versetzen, Horizonte zu erweitern, neue Welten zu erschließen oder Erholungsoasen im Alltag zu bilden. Bücher ließen sich ebenfalls klag- und widerstandslos beiseitelegen, falls konkretes Handeln erforderlich wurde. Für jeden Besuch konnte der alte Mann Geschichten finden, die ihre Wirkung entfalteten, indem sie den jetzigen Augenblick in irgendeiner Form veränderten und vielleicht sogar langfristig zu einer Lösung des vorher erzählten Konfliktes oder manchmal gar zu einer Heilung des ursprünglichen Leids beitrugen.

Aber die Herausforderung für den alten Mann bestand nur bedingt darin, sich in seinen Besuch einzufühlen und ein Buch zu finden, welches er empfehlen konnte. Zu seinem großen Leidwesen konnten Geschichten weder auf Rezept noch sonst irgendwie verordnet werden. Und so vertraute er in einem zweiten, dem wesentlicheren Schritt, darauf, dass beim Lesen zwischen der empfohlenen Lektüre und dem jeweiligen Menschen eine feine Beziehung entstand. Buch und Leser mussten nach einer ersten Begegnung von alleine zueinander finden. Eine Geschichte sollte nicht nur den Kopf, sondern auf einem besonderen Wege auch das Herz des Lesers berühren. Nur dann konnte ihr Inhalt den Leser wirklich erreichen und oft eine entspannende, im besten Fall, eine heilende Wirkung entfalten. Wobei Heilung nicht zwangsläufig in Büchern mit einem glücklichen Ende zu finden war, wie der alte Mann wusste. Häufig genug brachte eine Klärung und Auseinandersetzung mit sich selbst langfristig ein besseres Ergebnis. Denn Geschichten boten demjenigen, der sich dieser Möglichkeit öffnete, die Chance, vertraut zu werden mit eigenen sowie fremden Gefühlen und Gedanken, indem sich diese in Buchstaben geordnet wiederfanden und das vorher vielleicht Unbewusste und Unaussprechliche zu Worten und Sätzen wurde. Neue Bilder und Sichtweisen konnten entstehen, ein Perspektivwechsel lesend möglich werden. Dadurch wurde oft ein Umgang mit einer vorher unklaren Gedanken- und Gefühlswelt möglich und die Suche nach einer Lösung erleichtert. Die Wirkung von Geschichten war vielfältig, aber immer individuell und daher nicht vollständig vorhersehbar. Und war auch nicht immer eine Heilung möglich so doch häufig eine Veränderung, eine Verbesserung der augenblicklichen Situation. Eine Überdosierung dieser stoffgebundenen, genauer gesagt, papiergebundenen Heilmittel konnte weitgehend ausgeschlossen werden - bis auf die natürlich jederzeit bestehende Gefahr eines wachsenden Lesehungers der dazu führen konnte, mehr als vorher geplant zu lesen und eventuell dadurch einige Stunden Schlaf einzubüßen.

Eines Tages bekam der alte Mann Besuch von jemandem, von dem er sicher war, dass er ihn bislang noch nie persönlich getroffen hatte. Dennoch war da ein unbestimmtes Gefühl, ihn zu kennen. Der Besucher war von außerordentlich imponierender Gestalt, das dunkle Haar fiel ihm glatt bis auf die Schultern. Aus seinem scharf geschnittenen Gesicht blickten kühle, durchdringende Augen auf den alten Mann. Der Besucher trug vornehme, dezente Kleidung und einen langen, schwarzen Mantel, den er ablegte und achtlos über die Rücklehne des Sessels warf als er das Wohnzimmer betrat. Verstohlen blickte er durch den Raum, als ob er etwas suchen würde. Nur allzu gerne folgte der Besucher der freundlichen Aufforderung des alten Mannes sich zu setzen, während dieser das Wasser erhitzte um den Tee zu bereiten. Nachdem er die Tassen auf dem kleinen Tisch abgestellt hatte entzündete der alte Mann ebenfalls das Holz im Kamin und die Kerzen, setzte sich in den anderen Sessel, nahm sich Zeit und hörte hin.

Der Besucher saß auf dem äußersten Rand seines Sessels, leicht nach vorn gebeugt und stützte seinen Kopf mit einer Hand, so als ob dessen Inhalt zu schwer zu tragen sei. Ohne einen Schluck zu trinken und ohne sich weiter vorzustellen begann er mit monotoner Stimme seine Erzählung. Seit Ewigkeiten - so kam es ihm vor - würde er von vielen Menschen übersehen, nicht wahrgenommen, geradezu verleugnet, als ob es ihn nicht gäbe. Er fühle sich einsam, unverstanden, ausgeschlossen aus der Gesellschaft, als ob er aussätzig sei. Dabei sei sein Handeln nicht unsichtbar. Jedem Menschen würde er einmal unweigerlich begegnen. Die Menschen selbst stünden bei dieser

Gelegenheit häufig wie unter Schock, dabei erfülle er doch nur seine Pflicht wie alle anderen auch. Während er erzählte schossen immer wieder kurze, feindselige Blicke zum alten Mann von denen er annahm, dass diese von ihm unbemerkt blieben. Schließlich beendete der Besucher seinen Monolog mit einem tiefen Seufzen, lehnte sich zurück und schaute den alten Mann erwartungsvoll an.

Nach einer Weile des Schweigens nach dem außergewöhnlichen Bericht stellte der alte Mann wie immer seine Fragen bezüglich des Lesens und erhob sich anschließend, um mit seinen Augen wie immer an den Regalen entlang zu streifen. Aber keines der dort vorhandenen Bücher erschien ihm diesmal wirklich geeignet. Er setzte sich erneut, nahm einen weiteren Schluck Tee und dachte nach, während sein Besucher ihn intensiv beobachtete, ohne ein weiteres Wort zu verlieren. Dann erhob sich der alte Mann erneut und verließ das Wohnzimmer. Er öffnete eine unauffällige Tür an der Rückseite des Hauses und gelangte direkt in ein ausgedehntes Gewölbe. Denn der von außen massiv scheinende Berg war innen hohl und enthielt ein gut gehütetes Geheimnis, einen darin enthaltenen, kostbaren Schatz, der so seit Ewigkeiten vor der Zerstörung bewahrt wurde.

Das durch die geöffnete Tür einfallende Licht beleuchtete den vorderen Bereich nur unzureichend, so dass der alte Mann eine bereitstehende Laterne entzündete bevor er weiter ins Innere vordrang. Der Raum war unvergleichlich, einer steinernen Kathedrale ähnlich, in der sich schmiedeeiserne Regale, die das Gewicht von unzähligen Büchern trugen, bis ins Unendliche auszudehnen schien. Eine enge Wendeltreppe mit einem kunstvoll gearbeiteten Geländer führte zu weiteren Ebenen, die sich einerseits weiter oben sowie auch unterhalb der Erdoberfläche befanden. Die Luft in den schmalen Zwischengängen der Regale war jedoch kaum abgestanden, es roch leicht nach Staub und altem Leder. Es war, als ob sich alle in irgendeiner Form hilfreichen Schriften der Menschheit aller Sprachen, Zeiten und Orte in dieser besonderen Bibliothek versammelt hätten: Dokumente des stetigen Wandels des Lebens und ein Versuch, diesen Wandel in eine sichtbare Beständigkeit zu überführen. Sie bildeten einen verschriftlichten Spiegel der Welt, indem sie aufbewahrten, worüber sich Menschen zu allen Zeiten Gedanken machten, die für wert befunden wurden, aufgeschrieben und gelesen zu werden. Neben alten, abgegriffenen Lederbänden standen modernere, aber auch aktuelle Bücher, lagen Papyrusrollen, Tontafeln, fast vergessene oder längst verloren geglaubte Schriften auf Bambus, Seide oder anderen Materialien. Alles gestaltet in einer Ordnung, die es erlaubte, das jeweils Gesuchte zu finden.

Plötzlich jedoch erreichte den alten Mann auf einem ganz besonderen Weg eine unsichtbare und unhörbare Warnung. Die feinen Härchen in seinem Nacken stellten sich auf. Ein Schauer lief über seinen Rücken und verursachte eine Gänsehaut. Er drehte sich um und sah aus dem Augenwinkel heraus nur noch, wie sich ein flüchtiger Schatten schnell von der Tür entfernte. Gezielt griff er nach einem Buch, verließ mit großen Schritten den Raum und schob einen massiven Riegel vor die Tür, die er nun mit einem schweren Vorhängeschloss sorgfältig sicherte. Als er das Wohnzimmer wieder erreichte wurde der alte Mann von seinem Besucher erwartet, als sei nichts geschehen. Äußerlich schien er unbewegt, jedoch war eine starke innere Anspannung, ja Wut, deutlich spürbar, die der Besucher zu unterdrücken suchte. Denn er hatte sein von langer Hand geplantes Ziel nicht erreicht, obwohl er seit Jahrhunderten diesen Moment herbeigesehnt hatte. Seit langem hatte er Hinweise auf diese verborgene Apotheke der Bücher gesucht. Er war sich ganz sicher, dass sie irgendwo existieren musste, aber da zu allen Zeiten und überall auf der Welt gelesen wurde, war es ein schwieriges Unterfangen gewesen, sie aufzuspüren. Und nur durch einen großen Zufall hatte der Besucher letztlich das unscheinbare Häuschen des alten Mannes entdeckt. Jetzt endlich war er gekommen um die Apotheke der Bücher für immer zu zerstören. Auf dass Bücher nie wieder einem Menschen helfen konnten. Denn der Tod bekam weniger zu tun, solange auf der Welt Bücher existierten, die das Leben bereicherten, nährten und von denen sogar eine besondere Heilkraft ausging. Die Konzentration von gespeichertem Wissen, Weisheit und Wohlbefinden der Menschheit erwies sich ebenfalls als so mächtig, dass sie auch ihren Wächter vor

Schaden bewahrten und selbst der Tod dieser Bibliothek und dem alten Mann nichts anhaben konnte.

In diesem neuen Bewusstsein setzte sich der alte Mann gelassen in seinen Sessel, nahm erneut etwas Tee, schlug das mitgebrachte Buch auf und begann, dem Besucher mit ruhiger Stimme daraus vorzulesen. Alles wurde daraufhin still, selbst die Flammen im Kamin hörten auf zu knistern. Nachdem er ein paar Seiten vorgelesen hatte wurde der Atem des Besuchers gleichmäßiger und tiefer und seine Hände lösten unwillkürlich ihre Umklammerung der Sessellehnen, er begann sich zu entspannen. Aber als er bei sich diese völlig unerwartete Veränderung wahrnahm, bewegte er sich plötzlich wie von einer Tarantel gestochen und schoss aus seinem Sessel empor. Mit verzerrtem, hasserfülltem Blick brach etwas lang Unterdrücktes aus ihm heraus. Er schrie dem alten Mann entgegen, dass er ihn hintergehen wolle indem der alte Mann durch das Vorlesen seine Energie und seine Kraft zum Schwinden bringe. Damit stürzte der Besucher aus dem Zimmer, dem Haus und verschwand, ohne sich noch einmal umzudrehen oder auch nur seinen Mantel mitzunehmen.

Der alte Mann aber lächelte still in sich hinein und legte das Buch beiseite. Er hatte seinen Besucher erkannt und wusste, dass in vielfältiger Weise Geschichten auch zu vorher unerwarteten Ergebnissen führen konnten. Sein Besucher aber hatte die hilfreiche Kraft der Bücher am eigenen Leib erfahren und letztlich bemerkt, dass er, der Tod die besondere Wirkung der Bücher nie würde gänzlich vernichten können. Nach seiner überstürzten Flucht hatte er niemals wieder versucht, diese einzigartige Apotheke zu zerstören. So existiert diese Bibliothek weiter und Bücher können bis in alle Zukunft ungehindert ihre einzigartige Wirkung entfalten. Die Existenz des Todes blieb von all dem zwar unberührt aber es blieb auch ihm jetzt nichts anderes übrig, als geduldig das Ende der Lebenszeit eines jeden einzelnen Menschen abzuwarten.

Und der alte Mann lehnte sich zurück in seinen Sessel, nahm das Buch wieder zur Hand und las beruhigt weiter …

Zu guter Letzt

In jeder Apotheke sind Hilfsmittel gegen Leiden ganz unterschiedlicher Art erhältlich. In dieser besonderen *Apotheke der Bücher* finden sich ebenfalls Hilfsmittel, die auf individuellen Wegen ihre Wirksamkeit entfalten und zur Linderung beitragen können. Denn Geschichten haben die zauberhaft anmutende Kraft Einsamkeit zu vertreiben, zu entspannen, zu trösten, Gedanken in andere Bahnen zu lenken, Gefühle anzuregen oder zu beruhigen. Sie sind sogar in der Lage Türen zu öffnen, Berge zu versetzen, Horizonte zu erweitern, neue Welten zu erschließen, Erholungsoasen im Alltag zu bilden und vieles mehr. Inwieweit ein hilfreicher Einfluss der vorliegenden Geschichten wirksam werden kann hängt dabei jeweils eng zusammen mit individuellen Erfahrungen, Bildern, Gedanken und Emotionen, die beim Lesen entstehen.

Die Herausforderungen, von denen diese Geschichten erzählen, sind nach wie vor aktuell, denn im Gegensatz zum Märchen sind *unsere* Drachen, Dämonen und Ungeheuer real. Ihre Namen sind zum Beispiel Stress, Ärger und Wut, Trauer, Angst, Unsicherheit, Zweifel an uns, an anderen und am Leben selbst. Sie heißen vielleicht Selbstwertproblem oder Vertrauensverlust und überfallen uns meistens in den unpassendsten Momenten. Gefühle von Bedrohung und Ohnmacht stehen dann häufig im Vordergrund und verhindern den Blick auf mögliche Lösungswege. Geschichten selbst können die Welt nicht verändern - aber das müssen sie auch nicht. Geschichten können dennoch dazu beitragen, dass *wir* uns ändern, uns und unsere Umwelt durch eine andere Brille sehen und neue Perspektiven erkennen. Vielleicht gelingt es dadurch, bislang unbekannte Wege zu finden und den Mut zu fassen, diese Wege zu gehen. Fantastische, fabel- und märchenhafte Zutaten schmälern den Wahrheitsgehalt in diesem Fall nicht, sondern können es erleichtern, diese neuen Wege zu erkennen.

„In unserem Vorort gibt es zum Glück noch eine `richtige´ Buchhandlung. Man wird persönlich beraten, kann aber auch online Bücher zum Abholen bestellen. Leider musste das Geschäft nun wegen der Corona Krise vorübergehend schließen. `Wie komme ich jetzt an mein Buch?´, frage ich am Telefon. `Kein Problem! Sie können es in der benachbarten Apotheke abholen, dort haben wir die Bestellungen hinterlegt´. Merke: Auch ein Buch kann Leben retten!" [1]

Dem ist aus meiner Sicht nichts mehr hinzuzufügen.

Gabi Pearson

---

[1] W.R. aus Frechen in einem Beitrag aus der Rubrik *Was mein Leben reicher macht* der ZEIT vom 02.04.2020

Dank

Mein herzlicher Dank für die vielfältige Unterstützung beim Gelingen dieses Buches geht (in alphabetischer Reihenfolge) an Katrin Albrecht, Ralf Beszon, Bettina und Thorsten Feierabend, Bärbel Gierzcynski, Heike Hansen, Helle König, Kai Lehmitz und Marion Servaty.